DARIA BUNKO

比翼連理

あさひ木葉

ILLUSTRATION 小路龍流

ILLUSTRATION
小路龍流

CONTENTS

この作品はフィクションです。

実在の人物・団体・事件などに一切関係ありません。

比翼連理

序章

「ここまでか」

燃えさかる炎を見据え、朱桂希《しゅけいき》は呟《つぶや》いた。

それは、桂希が放った炎。

城壁を舐《な》めるように這《は》いずり、燃えさかる炎は、今にも桂希を呑《の》み込もうとしていた。

だが、桂希は逃げない。

もはや、自分に行くべき場所はなかった。

……国の滅びを、止められなかったのだから。

この戦場からは遠い、都にいるはずの自分以外の皇族たちは、無事に落ち延びられただろうか。

桂希は、最後の務めを果たせただろうか？

少なくとも、この城にいた者は一兵卒に至るまで逃げ延びることができるよう、桂希は取りはからっていた。

彼らを逃がせたことは、確信している。

戦場における桂希の作戦は必ず成功する。

それを見届けて、こうして桂希は城に炎を放った。

あとは、祈ることしかできない。

ここは桂希の指揮下、母国である『暁《ぎょう》』が、最後まで保った城塞《じょうさい》だ。

隣国である『星《せい》』の国が、突然悪《あ》しき仙術使いに乗っ取られ、『黒炎《こくえん》』と改名し、四方八方を侵略しようとしている今。

周囲の国は、すべて黒炎に屈した。

古《いにしえ》より続き、呪《じゅ》と武により周辺を制圧してきた大国である暁の国だからこそ、ここまで持ちこたえた。

もっとも、力に拠《よ》る支配をしていたがゆえに、弱ってきた途端に、属国も反旗を翻すのは早かった。そこを、黒炎の国につけ込まれた。

それでも、かつての属国が黒炎の国の側についても、今の今まで持ちこたえたのは、暁の国が大国である証《あかし》とも言えよう。

そして、うぬぼれるようなことを言ってもいいのであれば、桂希の『力』あってこそ、戦《いくさ》において勝利を重ねることができた。

この城に火を放つ事態になりながらも、城の者を皆逃がすことができたのは、桂希が戦場においては、連戦連勝を重ねていたからだ。

いや、桂希が戦場に出るかぎり、負けはしない。

生まれるべきではないのに生まれてきて、生きることを認められるのと引き換えに、桂希は力を与えられた。

それが……。

ただ、桂希といえども、自分が不在の戦場にまでは勝利をもたらすことができなかった。

桂希が守るこの城は、戦場のひとつにすぎない。

他の場所の戦果となると……。

負け戦は、裏切り者を生む。

暁の国も同じで、内部から崩壊した。

黒炎に寝返った裏切り者により、都にいる桂希の父・皇帝が強襲されたあげくに処刑され、都まで進軍され、軍も壊滅した今となっては、できることは限られている。

せめて、麾下《きか》に残った者の命を救うため、桂希はこの最前線の戦場で最後の勝利を捧《ささ》げ、麾下が逃げる時間を作ることしかできなかった。

桂希はこの城と、滅びる暁の国と運命を共にする。

生まれてきてはならない存在だったはずの桂希が生きてこられたのは、殺された父である皇帝のおかげだった。

皇帝亡き今、もはや桂希は生きる意味を見いだせなかった。

死ぬべき運命にあるはずだった桂希に生きるための許しを与えた人が、いなくなってしまった。彼を守れなかった衝撃は、言葉では言い尽くせない。

（陛下も、国も守れなかった私が、どうしておめおめと生き残ることができよう）

もはやこれまでと、潔《いさぎよ》く散ることしか考えられない。

仇討《かたきう》ちをし、国を取り返すことも、今の桂希には考えられなかった。

皇族に生まれ落ちたとはいえ、桂希には次代の皇帝に名乗りをあげる資格はない。それに、従う者もいないだろう。

（それにしても、口惜しい。私が都にいれば、皇帝陛下が処刑されるような事態には、ならなかったはずなのに）

ぎりっと、桂希は奥歯を噛《か》みしめる。

東方将軍として前線に派遣され、押し寄せてくる黒炎の軍隊を跳ね返していた桂希だが、さすがに遠く都で起こった反逆を鎮圧《ちんあつ》し、勝利をもたらすのは不可能だった。

常勝の将軍である桂希の不在を突いた卑怯《ひきょう》な反逆により、暁の国は滅びようとしている。

（どうして、こんなことに）

桂希の脳裏に、一人の男の姿が浮かぶ。

彼に都を託し、桂希はこの前線に出てきた。

彼ならば、裏切ることはないと信じて……。

国の命運を託したと言ってもいい。

幼い頃から見知った相手だ。桂希の立場では言葉にすることはできなかったけれど、友となれたらどれほどよかっただろうと願った、たった一人の男。

桂希に与えられなかったものすべてを持っていた彼の背中を、ずっと見ていた。時々振りかえってもらえるだけで、桂希は心が満ち足りていた。

だが、今となっては思い浮かべる姿も、ただ憎らしい。

(あの男の正体を見抜けなかった私は、愚かだった)

脳裏に、憎い仇の顔が浮かぶ。

西方将軍、朱龍恩《しゅりゅうおん》。皇族の中では傍流《ぼうりゅう》であるが、その才覚によって皇帝の寵愛《ちょうあい》も深かった男である。

男気が溢《あふ》れ、一本筋の通った性格だと思っていた彼が、よりにもよって暁を裏切った。

桂希の信頼は、踏みつけられた。

都に放った間諜《かんちょう》からの情報によると、生き残り、黒炎に屈服した暁の国の軍を束ねているのは、龍恩らしい。

確かに、今となっては認めたくもないのだが、彼ならば人の上に立つ才も魅力もある。

……処刑されたと伝え聞く、皇族たちの誰よりも。

本来は、奪われた国を取り戻すために立ち上がるべき輩《やから》は、黒炎の国に阿《おもね》って、国を売ったのだ。

桂希が死を覚悟したのは、自分の麾下以外の兵や都の官僚たちが皆、龍恩に従ったということもある。

桂希のもとにも、龍恩から降伏の誘いはきていた。

しかし、桂希はその書状を読まずに破り捨てている。

腹は括《くく》った。

死を受け入れた桂希だが、いまだ心の平穏を取り戻せたとは言いがたい。龍恩の裏切りにより覚悟が決まった今、澄んでいるべき感情も、嵐の海のように波が逆巻き、濁り、乱れつづけていた。

なぜ裏切ったのか。

叶《かな》うことなら、龍恩にそう問い詰めてやりたかった。

（いや、埒《らち》もないことを考えるのはよそう）

桂希は頭を横に振る。

龍恩を問い詰めてやりたいのは、怒りからだけではない。

なにか理由があるのではないか。裏切ったわけではないのではないか。そう未練がましく考えているせいだ。

（あまりにも、愚かな考え方だ。どんな理由があろうとも、奴が裏切り者であることには変わりがない……）

桂希は、つとめて冷静に死に臨《のぞ》もうとしていた。

皇族であってはならない存在なのに、皇族として最後まで遇《ぐう》された。

そんな桂希ができる最後の恩返しとは、名ばかりとはいえ、暁の国の皇族として立派に死んでいくことだけだ。

短刀を抜いた桂希は、その刃《やいば》を首筋に押し当てる。

そして、一気に首を掻《か》き切ろうと、手にぐっと力をこめた。

ところが――。


「やめろ」

低い声に叱責《しっせき》される。

頬をぶたれたと錯覚するほど、憤りの籠《こ》もった、力強い声だった。

「馬鹿な真似を、するんじゃない」

刃を握りしめた手首を掴《つか》まれる。刃で己を傷つけようとしているのに、びくりとも体が動いてくれない。

（どうして……？）
「死なせはしない」
その声を、聞き間違えるはずがなかった。
「……おまえは！」
桂希は、呻《うめ》くように声を漏《も》らした。
この場にいるはずのない男が、桂希の最期《さいご》の旅立ちを邪魔している。
桂希は振り向かなかった。
その男がこの場にいることを、認めたくなかった。
誰よりも、いてほしくなかった。
なぜなら、桂希は彼に問わずにいられないからだ。
なぜ、と。
それは愚かな未練だと、切り捨てたばかりなのに。
桂希は頑《かたく》なに、声に振り向かないままでいた。
だが、輝く刃に、男の影がうっすらと映っていた。
軍人らしい、堂々たる体格。美丈夫という言葉は、彼のために存在するのだろう。
かくありたいと、憧れつづけた存在。
彼は、笑っている。

勝ち誇っているのか、それとも……？

憎しみを籠めて呼ぼうとした名が、声になることはなかった。

第一章

「顔を見せてもらおうか」

玉座の高みから横柄《おうへい》に声をかけてきたのは、黒炎の皇帝を僭称《せんしょう》する男、黄武帝《こうぶてい》だ。不遜《ふそん》にも、神話に出てくる最初の名を、みずからに名付けた男だ。

彼こそが、今は国号すら変えられてしまった暁の隣国を滅ぼし、黒炎の国の黄武帝を名乗った覇王《はおう》だった。

「この俺に、何度も煮え湯を飲ませてくれた、常勝の東方将軍よ」

余裕に満ちた笑みは、勝者の証だ。

仇敵《きゅうてき》を、桂希は見据える。

しかし、ありったけの憎しみと殺意をこめた視線を向けても、黄武帝が動じることはなかった。

自信に満ちた表情は、敗者の怒り程度では変えられないようだ。

噂《うわさ》に聞いていたとおり、彼はぎらぎらとした野心の塊《かたまり》のような表情をしていた。

（この男のせいで、我が暁の国は……）

桂希は、ぎりっと奥歯を噛みしめた。

常勝の将軍などという呼びかけに、敬意はない。

それは、桂希の心を嬲《なぶ》るためのものだ。

目の前の男に敗北したというのに、なにが常勝か。

そして、守ることを宿命づけられていたはずの桂希の母国、暁は滅ぼされてしまったのだから……。

縄を打たれた桂希は彼の玉座の足下に突き飛ばされ、無理矢理跪《ひざまず》かされている。

乱れた髪を掴むように顔を上げさせられれば、黄武帝の舐めるような視線が桂希の体に絡《から》みついてくるようだった。

「どのような厳《いか》つい軍人かと思えば、まるで役者のような優男《やさおとこ》ではないか。女だと言われても、違和感はないぞ」

「……」

露骨な揶揄《やゆ》の言葉に、桂希は無言で黄武帝を睨《にら》みつけた。

桂希を女扱いする輩《やから》は、なにも黄武帝に限ったことではない。

確かに桂希は、母親の生き写しの容貌だという。

桂希自身は、母親の顔を知らない。

彼女に似ているということ自体が、桂希にとっては呪わしい現実だった。

自分の容姿にも、他人の美醜《びしゅう》にも関心がない桂希だが、己の容姿がどのように形容されているかは、知っている。

周りの者たちが、褒《ほ》めそやしてきたからだ。

ある者は牡丹《ぼたん》の花のように華やかだという。いや、すらっとした菖蒲《あやめ》のようなたたずまいだとも言われる。

細面《ほそおもて》に、墨《すみ》で描いたような眉、切れ長の瞳。通った鼻筋に薄い口唇《こうしん》。絹糸のように細い黒髪すらも母親に似ていると言われているが、桂希は彼女を覚えていなかった。

桂希自身は、自分の容姿に重きを置いていない。

ただ、周りの者たちは皆、桂希の存在そのものを疎《うと》むような恐れるような眼差《まなざ》しで見つめ、そして木立を鳴らす風のような声で囁《ささや》くのだ。

芙蓉美人《ふようびじん》の生き写し、と。

公には父ということになっている輝帝《きてい》もまた、桂希を愛するように、憎むように見つめていた。

彼は、桂希に亡き母を重ねていた。

髪を掴んで刺すような瞳で見据えられたことも、掴まれた髪を愛《め》でるように撫《な》でられて、低い声で母の名を呼ばれたこともある。

かつて暁の後宮で権勢を誇り、芙蓉美人と呼ばれた妃《きさき》が、桂希の母親だ。

だが、彼女は軽率にも密通をして、桂希の形式上の父帝である暁の輝帝の後宮から追放された。

それでも命だけは助けられたのだから、輝帝の芙蓉美人に対する寵愛が、どれほど深かった
のかわかるというものだ。

本来、桂希は生まれてきてはならぬ存在だった。

輝帝の子であるか、それとも多情な母の密通相手の子であるかも、わからない。

そんな桂希が生きることができたのは、ひとえに輝帝の許しのおかげだった。

だから、たとえ生物学上の父親が誰であれ、桂希は輝帝を尊敬し、忠誠を誓っていたのだ。

彼のためなら、命すら惜しまない。

――しかし、その輝帝は、既《すで》に目の前の男に処刑されてしまった。

暁は滅んだ。

(許さない)

怒りに燃えた眼差しで、桂希は黄武帝を睨みつける。

しかし、汚れた玉座に座り、おごり高ぶってにやけた表情をしている目の前の男よりも、さ
らに許せない存在がいる。

桂希は、ぎりぎりと奥歯を噛みしめた。

(……どうして、私の命を無意味に助けたんだ)

今この場にいない男を、桂希は渾身《こんしん》の力で罵《ののし》った。

桂希は輝帝の血を引いているかどうかは定かでないものの、形式上は暁の皇子だ。

ゆえに、処刑されるのは間違いない。

燃え落ちる城塞で自害する直前に捕らえられ、こうして黒炎の都まで連れてこられたのは、敵国の皇子をただでは死なせないという意思の表れだろう。

どんなむごたらしい死に方をさせられるか、わかったものではない。

それをわかっていただろうに、あの燃え落ちる城から桂希を助けた男がいる。

知らないうちに、憎まれていたのだろうか。

そう考えたくなるほどに、今の桂希が置かれた状況は過酷なものだった。

(私の体には、暁の皇族の血は流れていないかもしれない。だが、私を皇族の末席に加えてくださっていた皇帝陛下のために、せめて最期まで暁の皇族としての誇りを失わないでいよう)

覚悟は決めている。

もはや、死を待つしかない運命だ。

それならば、せめて暁の皇族として、将軍として、誇りを守って死にたかった。

本来ならば皇族ではないのに皇族という立場を許された桂希だからこそ、誰よりも皇族らしく死なねばならない……。

桂希の心を支えているのは、罪悪感まみれの忠義心だった。

死は怖くない。

恐ろしいのは、自分が暁の皇族の名を汚《けが》してしまうような無様な姿をさらすことだった。

立派に死なないことだった。

「いい面構えだ。誇りを持って死んでやるとでも、言いたげだな」

黄武帝の舐めるような視線が、桂希の頰を這う。

壮年である彼は、よほど血気盛んなのだろうか。

桂希に向けられる視線は、ぎらついている。

「そんな顔をされると、泣きわめいて命乞《ご》いをするよう仕向けたくなるじゃないか」

「……っ」

加虐の愉悦に染まる偉丈夫の表情を、桂希は汚いものを見るような目つきで睨《にら》みつけた。

(最悪だ)

母国を呑み込む黒い炎、黄武帝。

彼に、君子としての徳はない。

そう、桂希は見切った。

この男は、まるで禽獣《きんじゅう》のようだ。

獰猛《どうもう》で、凶悪で、人の情を知らない。

「おまえのような男に、ふさわしい待遇は何があるかな。暁の皇族は、いにしえの慣習どおりに九族殲滅《きゅうぞくせんめつ》と決めてはいるのだが……」

にやりと、黄武帝は笑った。

「いにしえの慣習を守るがゆえに、おまえを生かすこともできる……」

「な……っ」

思いがけない黄武帝の言葉に、桂希は衝撃を受けた。

皇帝の座を失った一族が滅ぼされるのは、この大陸で何度も繰り返されてきた歴史上の事実だ。

九族殲滅。それこそ、黄武帝の言うようにいにしえの慣習でもある。

新しい皇帝の国を作るために、古いものはすべて消されるのだ。

だからこそ、皇族の命乞いは無駄であり、己の最期を穢《けが》すだけの行為でしかなかった。

それなのに、黄武帝はどうして、桂希を生かすなどと言い出したのだろうか。

しかも、「いにしえの慣習ゆえに」と。

それは本来、桂希の命を奪うためのもののはずだ。

命を助けられたところで、仇による助命など嬉《うれ》しくもない。

生かすと言われても、桂希は黄武帝に敵意を向ける。

温情などと、どうして感謝できよう。

「おい、奴を呼んでこい」

侍従を振り返った黄武帝は、喜色をこめた声で命じる。

「はい」

武勇の黄武帝の侍従らしく、宮中でありながら全身を甲冑《かっちゅう》で固めた侍従は恭《うやうや》しく頭をさげると、やがて一人の男を呼んできた。

その男の姿を見て、思わず桂希は息を呑んだ。

「……龍恩」

目を瞠《みは》る。

ごうと、炎が渦巻くような幻覚に囚《とら》われそうになる。

死を覚悟した刹那《せつな》、憎しみをこめて名を呼ぼうとした男。

そして、桂希を死なせてくれなかった男の姿が、そこにはあった。


現れた男の姿に、違和感が沸き上がる。何を黄武帝の忠実な部下のような顔をしているのか。

こうして目の当たりにしても、彼が黄武帝に寝返った現実が受け入れがたい。

だが、その違和感を押しのけるように、怒りが桂希の中で溢れかえった。

どれほどの間、見つめあっていたのだろう。

実際には、ほんの一瞬だったのかもしれない。

だが、桂希にはまるで永遠のように感じられた。

朱龍恩。

暁の男系皇族は皆、「王」の位を賜《たまわ》る。それは、子に伝えられていく。

龍恩も、何代か遡《さかのぼ》れば暁の皇帝を祖に持つ、そういう「王族」のひとりであった。

桂希とは年も近く、幼い頃からの顔見知りでもある。

皇族とはいえ特殊な立場である桂希にとって、顔見知り程度ではあったものの、龍恩は得がたい知人だった。

城の片隅に軟禁されるように育った桂希だが、儀式などの際には外に出されることがあった。

そういう機会に、顔見知りになったのが龍恩だった。

生まれ落ちた事情から、何かと特別視され、あるいは忌避《きひ》されていた桂希にとって、龍恩はただ一人だけ、桂希にも拘《こだわ》りなく接してくれる人でもあった。

軟禁されていたとはいえ皇族の一人として桂希は学問や武術を学ぶ権利は与えられていたが、たまたま師は龍恩と同じだった。そのため、少なからず二人に交流はあった。

もっとも、友と言えるほど、彼との交わりは深くない。

たとえば酒を酌《く》み交《か》わし、他愛のない話に興じたりする仲ではなかった。師の前で学問について意見を交わしたり、武術の手合わせの相手を務めてもらうことはあっても、私的な交わりは一切なかった。

それでも、桂希は龍恩に好意を持った。

龍恩が桂希をどう思っていたかは知らない。だが、生まれが生まれだけに遠巻きにされていた桂希に対して、龍恩は一切の特別扱いをしなかった。

龍恩は幼い頃から長身で体躯《たいく》に優れ、学問にしても武術にしても、師が一目置くほどの存在だった。

そして、決して愛想はよくなく、むしろ長じるに従って厳《いか》めしい表情ばかり見せるようになったものの、下々の者にも目をかけ、周りの者を公正に扱う彼の徳を、早くに桂希は気付くようになった。

分《わ》け隔《へだ》てなく人と接することの難しさを、桂希は身にしみている。ゆえに、龍恩という男に対して、桂希は一方的な好意を抱《いだ》いた。

そして、信頼もしていた。

桂希は、暁においては常勝の将軍と呼ばれた。

しかしそれは、授けられた能力によるもので、決して桂希自身の力ではない。暁の国の皇室にいにしえより仕える術師により、生まれたばかりの桂希に植え付けられた、寿命と引き換えに戦いに勝利をもたらすことができる能力だ。

桂希は、己の在る戦場において、必ず味方に勝利をもたらす。そのかわりに、寿命が少しずつ減っていく。

生まれてきてはならない子であった桂希は、生きることと引き換えに、禁術の生《い》け贄《にえ》になったのだった。

一方で、龍恩は桂希のような異端者とは違い、彼自身の武勇を国に捧げつづけた人だった。将軍としての彼は、兵士を我が子のように慈しむと同時に、勇猛果敢《かかん》な指揮者でもあった。

また、ひとりの兵士としても、武術の腕前は国で一番と讃《たた》えられていた。

長じてからも、桂希はたまに剣の稽古《けいこ》をつけてもらったが、彼相手では十本に一本勝ちを収めるのが精一杯だった。

輝帝のためにも将として兵として優秀でありたいと願っていた桂希にとって、龍恩はますます憧れの存在になっていった。

そして、輝帝が龍恩によせる信頼も、羨《うらや》ましく、そして眩《まぶ》しいものだったのだ。

龍恩の手の皮膚は硬い。

長年に亘《わた》る鍛錬のためだ。

その武骨で荒々しい手は、彼の努力と己の立場に対する誠実さの表れだった。

王族や皇族など、他の貴賓《きひん》の者たちと、彼は明らかに違う。

夢うつつを漂うように贅《ぜい》を楽しんでいた皇族や王族たちの中にあって、龍恩は異色の存在だった。

退廃的な雰囲気の漂う王宮の空気に毒されず、凛《りん》とした清潔感を保っていたのが龍恩だった。

少なくとも桂希は、そう感じていたのだ。

……ただ、今となっては、それは過去の話である。

なにせ、龍恩は裏切り者だ。

彼は誰より汚れている。

桂希と同じく将軍の地位にありながら、彼は母国を裏切った。

そして、その裏切りは暁の国の息の根を止めた。

黄武帝は下克上《げこくじょう》の成り上がりだ。

当然のことながら、新興国・黒炎は一枚岩とは言いがたい。

だから、暁の国が団結していれば、きっと黒炎に滅ぼされずにすんだはずだ。

しかし、戦場の花とも謳《うた》われた西方将軍・朱龍恩が、手ずから都に黒炎の軍を呼び込んだのであれば、どうしようもない……。

桂希は奥歯を噛みしめる。

(どうして裏切った)

なぜ龍恩は、輝帝の信頼に応えなかったのだろうか。

特殊な立場であるがゆえに東方将軍の任にあった桂希とは違い、龍恩はまっとうな武人であり、戦場で数々の手柄を立ててきた男だ。

それなのに、彼は国を裏切った。

そして、今は黄武帝の前に跪いている。

憎々しげな表情を隠せない桂希の前で、龍恩は黄武帝に頭《こうべ》を垂れ、臣従《しんじゅう》の礼をとる。

彼の裏切りは、桂希も先刻承知だ。

都から早馬で裏切りを知らされ、部下を逃がす道筋をつけ、城塞に炎を放って自決しようとした桂希を虜囚《りょしゅう》にし、生きて辱《はずかし》めを与えたのは、他ならぬ龍恩なのだから。

だが、こうして改めて、目の前で見せつけられると、言葉にできない憤りが胸を渦巻いた。

(どうして、そんな真似ができるんだ。いくら龍恩に才覚があっても、何不自由なく暮らす特権を得、若くして将軍になったのは、暁の王族に生まれたゆえだろうに。己の血を、否定する気か?)

そして、その『血』は、桂希がどれだけ欲しても、手に入れられることのない聖なる血なのに……。

「さて、龍恩。貴様に問おう」

黄武帝は、笑みで口唇を歪《ゆが》めている。

「暁の皇族の慰霊《いれい》のために、俺は貴様を生き残すことを決めた。だが、慰霊を司《つかさど》る家系はひとつで十分だ。しかし、ここにもう一人、暁の皇族がいる」

龍恩は無言で、頭を垂れている。

黄武帝の嬲るような口調も、桂希の憎しみも、何もかも彼の心を揺さぶりはしないのだと言わんばかりの、静かな横顔をしていた。

「貴様の願い通り、朱桂希を生きて虜囚にしてみたが、一体どういうつもりなのだ。俺は、貴様らを二人とも助けるつもりはないぞ」

頬杖《ほおづえ》をついた黄武帝は、値踏みするような視線を龍恩に向けている。

「九族殲滅するべきところを、暁の皇族や王族のうち、一人だけ生き残らせることにしたのは、いにしえのためしをおろそかにするなと、俺の導師が言うからだ。そして、その権利を貴様に与えたのは裏切りの手柄ゆえである」

「はい、陛下。承知しております」

龍恩は、低い声で相槌《あいづち》を打った。

龍恩が裏切り者であることを否定しないのも、暁の国を滅ぼした相手を陛下と呼ぶのも、どちらも桂希には耐えがたかった。

「西方将軍として、そして王族としての誇りもないのか。そこまでして生き残りたいのか、おまえは！」

思わず頭に血が上った桂希は、気がついた時には叫び声を上げていた。

生き残るために国を裏切ったというのなら、なんて龍恩は卑劣なのだろう。

黄武帝の言う「いにしえのためし」の意味に、ようやく桂希も飲み込めてきた。

この大いなる大地では、国が興っては滅びる。

滅びた国の皇族は、九族殲滅が掟《おきて》だ。

ただ、それでも、皇族のうち、ひとつの家系だけは生き残らせるのが暗黙の了解でもあった。

それは、九族殲滅された一族を祭り、その祟《たた》りを封じるための儀式を司る人間が必要となるからだった。

龍恩は、暁の皇族に対する祭祀《さいし》を司る者として、生かされたというわけだ。

それが、彼の裏切りの代償。

一族の命と引き換えに、一人だけ生き残ることを彼は選んだ。

「見下げ果てたぞ、龍恩！」

桂希の罵り言葉に、龍恩は眉一筋動かさない。

「……暁の国の祭祀の継承は、確かにこの朱龍恩が引き受けた」

一筋の罪悪感も感じさせない朗々《ろうろう》とした声で、龍恩は断言する。

「黒炎の国が、これからも安らかであるように。暁の国の者どもを、祟らせたりはしない。

……もっとも、暁の皇族に、生者を祟る気概があるとは、とても思えないがな」

「……っ」

思わず、桂希は息を呑む。

（一族は祟らない、だと？）

龍恩は、とことん黄武帝に魂を売ったようだ。どうして、死した一族を、なお辱めるようなことを言うのだろう。

龍恩と桂希の様子を、黄武帝は面白そうに眺めていた。

「……それはつまり、桂希皇子も殺すということでよいのか？　暁の至宝と呼ばれた、この末の皇子を、せっかくおまえ自ら捕らえたというのに……」

黄武帝は、ちらりと桂希を一瞥《いちべつ》する。

「もっとも、暁の至宝であっても、我が国にとっては価値がない」

黄武帝の言うことは、間違いではない。

そして、無闇《むやみ》に残酷なことを言っているわけでもなかった。

暁の国が滅んだ今、その皇族が新しい国で生きていくことを許す、新王朝の皇帝など存在はしない。

ただ、滅んだ一族を祭り、新しい国に災いをもたらさないために、祭祀を司る者だけが、残される。

選ばれたのが龍恩なら、桂希は殺されるしかない。

（……もっとも、皇族の血を本当に引いているか疑わしい私には暁の皇族の祭祀を司る資格な

どないが）

　怒りだけでなく、己を卑下《ひげ》する気持ちも湧《わ》いてくる。口唇を噛みしめた桂希を、じろりと黄武帝は見遣《みや》った。

「しかし、皇族の血など引いておらぬと、桂希皇子が言うのであれば、奴隷《どれい》の身に落として、召し使ってやらないこともないが」

　粗野に、黄武帝は舌なめずりをする。

「この美貌は、なんら他に力がなくとも、価値がある」

「……っ」

（この男も、当然私の出自に関する噂を知っている……。その上で、私を嬲るつもりでいるのか？）

　奴隷として肉体を嬲るだけが目的ではない。桂希自らの口で、皇族であることを否定させ、心を嬲ろうとしているのだ。

　黄武帝の残忍さを、改めて思い知らされる。

　なぜ、このような男に、龍恩は従ったのだろうか。

　それほど、命が惜しかったのか？

　龍恩が国を売らなければ、暁の国は易々《やすやす》と滅びたりしなかっただろうに……。

「どうだ、桂希。不義の子である自分は暁の皇族などではないと、その花びらのごとき口唇で、俺に命乞いをしてみぬか？　奴隷として召し使ってくれ、と」

桂希の想像どおりのことを、黄武帝は言い放つ。

彼は、楽しげだ。

他人の心を嬲ることに、享楽《きょうらく》を感じる男なのだ。

「誰が……っ」

たとえ命がかかっていようとも、答えは決まっている。

桂希は、黄武帝に反駁《はんばく》した。

誰が、誇りを捨てたりするものか。

「そうか。ならば、死ね」

笑いながら、黄武帝は言い放つ。

桂希が従おうが、従うまいが、彼にとってはどうでもいいことなのだろう。

桂希の命も、心も、彼にとってはただの玩具《がんぐ》でしかないのだ。

「望むところだ」

黄武帝を睨み付けた桂希の言葉にかぶせるように、低い声が響く。

「二つの血筋を残せないのならば、ひとつにすればよいのではないか」

はっとして振り返ると、龍恩は顔を上げていた。

「……っ」

思わず、桂希は息を呑む。

黄武帝を真っ直《ま》ぐ《す》見つめる龍恩の表情を、なんと評すればいいのだろうか。

罵りの言葉も引っ込むような、強烈な凄《すご》みが彼にはあった。

（なんなんだ、一体……）

龍恩のそんな表情は、初めて見た。

学友だったとはいえ、親しい友人ということではない。

だが、同じ戦場を駆けたこともある仲だ。

その命を賭けた修羅場ですら見せたことのない表情を、龍恩はしていた。

「……ほう？　どういう意味だ」

黄武帝が興味を示したように、身を乗り出す。

彼はどうやら、好奇心の強い性格のようだ。

龍恩の言うことは戯《ざ》れ言《ごと》だ。ふざけるなと斬って捨てられてもおかしくない発言なのだが、黄武帝はそうしなかった。

龍恩が平然としているのは、ある程度黄武帝の気性も理解しているからだろうか。

黄武帝というのは、とんでもない暴力性の持ち主であり、下克上を厭《いと》わない覇者だという印象しかなかった。

しかし、その一方で強い好奇心の持ち主でもあり、そして感情で動くこともままある男らしい。

（そういえば、出自も怪しげな仙術使いを重用して、その力で下克上を成し遂げたという噂だったな）

とても好ましい性質とは思えず、桂希は嫌悪を隠せない。

（……ゆえに、星の国は仙術に侵され、乗っ取られてしまったのだと言われていた。黄武帝は、新しいものや珍奇なものを好むのだろうか）

保守的な暁の国の皇族の考え方とは、まったく異なっているらしい。

それを、龍恩は是《ぜ》としたのか？

それにしても、露骨な好奇心は悪趣味とも言えよう。

黄武帝の好奇心を不快に感じて、桂希は眉を顰《ひそ》めた。

血の正統性が疑われているとはいえ、桂希を暁の皇族と見做《みな》せば、滅んだ王朝の皇族・王族の中で、桂希と龍恩の二人が生き残ったことになる。

だが、新王朝の祖である黄武帝の立場からすると、男二人は必要ない。

桂希か龍恩の、どちらかが女であれば話は別だ。

娶《めあわ》せ、子孫代々にまでひとつの家系として祭祀を引き継ぐことができる。そして、途中で家系が自然に絶えれば、それは祟り封じの役割を果たしたと見做されるのだった。

それが、この大陸でのいにしえのためしだ。

しかし、男二人が生き残れば、家系が二つになってしまう。

ひとつにすることは、できない。

龍恩か桂希か、一人は死なねばならないのだ。

……本当は、その必要はない。

誰よりも、桂希自身がそれを知っている。

だが、桂希は口を噤《つぐ》んだまま、俯《うつむ》いた。

最後まで抗《あらが》った桂希と、裏切り者の龍恩ならば、殺されるのは桂希のほうに違いない。

それなら、それで構わない。

この身の「秘密」を沈黙したまま、逝《い》く。

「さて、陛下に奏上したき事柄がある」

龍恩は、静かに申し出た。

彼は、横柄さすら感じる堂々とした態度で、黄武帝に言う。

「望みを叶えてほしいのだが」

「貴様は願い事が多いな」

呵々大笑《かかたいしょう》し、黄武帝は言う。

「しかし、貴様はこれまで度々《たびたび》、戦果を挙げ、俺を興じさせてきた男だ。それに免じて許す。

申してみよ」

「陛下の導師、黒炎仙人の仙術により、桂希を私の子が生《な》せる体に変えていただきたい」

龍恩は淡々と、望みを述べる。

彼の態度があまりにも変わらないゆえに、桂希は最初その内容を理解できなかった。

桂希だけではないだろう。

その場にいる誰もが、黄武帝すらも、一瞬虚を突かれたような表情になった。

しかし、龍恩の言葉自体は、決してわかりにくいものではない。

その意味を理解した瞬間、誰もが表情を変えた。

ある者は驚愕《きょうがく》、ある者は醜悪な歓喜、そして桂希は……。

「な……」

桂希は、呆然《ぼうぜん》とする。

一体、龍恩は何を言い出すのか。

正気の沙汰とは思えない。

思わず憎しみも忘れ、惚《ほう》けた顔をさらしてしまった。

「これは面白い！　貴様は、よくよく俺を楽しませるな！」

大口を開けて、黄武帝は笑う。

「皇子を皇女に変えろということか？」

「いや、女にする必要もなかろう。ただ私の子を孕《はら》める体にしていただければ、それで事は足

りる」

「ふうむ。確かに、この気位の高い男をただ女にするというのはつまらぬな。たとえ逃げ出しても、まともに生きていけぬ体にしてやろう」

値踏みするような視線を、黄武帝は桂希に向けてくる。

「暁の守護神とまで言われた皇子を、異形の存在に堕《お》としてやろうではないか」

黄武帝は楽しげだった。

さすが、人の心を虐《しいた》げることに愉悦《ゆえつ》を見いだす気質だけある。

なんておぞましいことか。

(貴様こそ、異形そのものではないか)

桂希は、奥歯を噛みしめる。

黄武帝の好奇心と快楽にまみれた視線を向けられて、怒りと侮蔑《ぶべつ》を掻き立てられる。おかげで、桂希はどうにか我に返ることができた。

そして、黄武帝ではなく、おぞましい望みを口に出した男を振り返った。

「一体、どういうつもりだ。龍恩！」

縄を打たれた身であるが、桂希は龍恩に詰め寄ろうとする。

すると龍恩は、ゆっくりと顔を巡らして、桂希を振り返った。

「聡明《そうめい》なおまえが、理解できないはずがないだろう」

龍恩は冷徹過ぎるほどの眼差しで、桂希を見つめかえした。

「……っ」

龍恩は、あくまでも冷静な態度だ。

まるで、かつて師のもとで意見を交わした頃のように、とても真剣だった。

だからこそ、狂気しか感じない。

「……どうした？」

「おまえこそ、一体どうした。何を言い出すんだ」

声が震えそうになるのを抑えながら、桂希は呻く。

龍恩の望みは、人として望んではいけないことだ。

「理解できないのなら、もう一度説明してやろう。おまえは、俺の子を孕まされるために生きながらえるんだ」

表情ひとつ変えず、龍恩は言い放った。

「死ぬことは許さない」

「正気か、貴様。俺は男だ！」

叫び声を上げる桂希に対して、あくまで龍恩は冷静だった。

彼は桂希の頬に触れると、いきなり顔を寄せてくる。

「そんなこと、とうの昔に知っている」

低い囁きが聞こえたと思ったその瞬間、桂希は腹部に鈍《にぶ》い痛みを感じた。

「あ……っ」

ぐらりと、体が倒れこむ。

その身は抗えず、そのまま龍恩の腕へと抱えられてしまった。


……抱き留められた瞬間、桂希の身は大きく震えた。

他人に触れられることにも、他人のぬくもりにも、桂希は慣れていない。

誰も、桂希のことなど触れたがらなかったからだ。

忌《い》まれた存在である桂希のことなど……、龍恩以外は。


どうしてこんな時に思いだしてしまったのか。

自分自身が忌々しいが、甦《よみがえ》ってくる想い出があった。

あれは、まだ桂希が幼かった日のこと。

「大丈夫か、桂希」

そう声をかけられた瞬間、桂希は我が耳を疑った。

大丈夫か、などと。こんな公の場で、桂希に声をかけてくる者がいるとは、思わなかったのだ。

そこは、儀式の場。

祖霊を祭《まつ》る儀式は、たとえ桂希が後宮の奥で閉じ込められるようにひっそりと暮らしていても、避けられぬものであった。

戦場に出る時を除くと、桂希が公の場に出る、数少ない機会だったと言ってもいい。

その日の桂希は朝から発熱していて、体調が悪かったのだが、それでも儀式には参加していた。

たとえこの身には皇祖の血が流れていなくとも、お情けで末席に加えてもらっている身だ。

だからこそ、務めを果たさなければならないという強烈な義務感が、桂希を突き動かしていた。

桂希の体調が悪いことは、誰の目にも明らかだっただろう。

しかし、助けの手はどこからも差し伸べられなかった。

皆、遠巻きに桂希を見るだけだ。

桂希は、誕生から忌まれている。

さらに、父である輝帝は桂希を愛すると同時に、激しく憎んでおり、その感情は一瞬で変化した。

輝帝の桂希への感情があまりにも目まぐるしく変わるので、周りの者は桂希を扱いかねていた。

迂闊《うかつ》に関われば、輝帝の機嫌を損ねる可能性もあるからだ。

だから、誰も桂希には近づかなかった。

豪奢《ごうしゃ》な宮殿の一角で、息を潜《ひそ》めるように暮らしている桂希は孤独だった。

しかし、そんな桂希でも、皇族として公の場に出なくてはならないことはあった。

己が異質であることを思い知らされるだけ。大勢の人の中にあっても、孤独が培《つちか》われるだけでもあったが、桂希は己の義務と心得て、針のむしろに座っていた。

輝帝も同席している公の場であれば、なおのことだ。

だから、体調が悪くてふらつきながらも、桂希は一人で耐えていた。

しかし、そんな桂希に、龍恩だけが近づいてきた。

そして、さも当然のことのように、桂希に手を差し伸べたのだ。

「具合が悪そうだな」

「……っ！」

龍恩の言葉に、桂希は雷に打たれたかのような衝撃を受けた。

そんな、当たり前のような気遣いの言葉なんて、生まれてこの方、かけられたことがなかったのだ。

思わず無言になった桂希の態度にも、龍恩は気を悪くしなかった。

彼は何食わぬ顔をして、桂希に手を貸してくれたのだ。

その時与えられた温《ぬく》もりの心強さを、桂希は永遠に忘れないだろう。

それまで、顔と名前を知っている程度の関係だった龍恩が、桂希の心へと入りこんできたのが、その瞬間だった。

龍恩は、真っ直ぐ桂希を見ていた。

いつも、身の回りの世話をしている侍女すら、桂希の顔を見ようとはしない。彼女たちは目を伏せ、生け贄になど関わりたくないとでも言わんばかりに、桂希を遠巻きにしていたのだ。

いや、単なる禁術の生け贄というだけなら、まだよかったかもしれない。

桂希は、へたに関わると皇帝のとがめを受ける可能性もある存在だった。そのため、余計に忌避されたのだ。

父である皇帝は、その時々によって桂希に対しての扱いを変えたものだ。

この世に他に類なき宝物として桂希を扱うときもあれば、憎くて憎くて仕方がないと言わんばかりの顔で睨みつけてくることもある。

しかし、龍恩は違った。

格別優しい言葉をかけられたわけではない。

愛情を向けられたわけでもない。

だが、侮蔑も忌避もないその態度に、どれだけ桂希は救われただろうか。

桂希に対して、他の人と同じように接してくれる相手がいた。

そのことが、本当に嬉しかったのだ。

その時与えられた優しい温もりだけでも、桂希にとっての龍恩が特別な存在になるには十分すぎた。

たとえ、龍恩の性格ゆえに弱った相手を放置しておけなかっただけで、彼にとっては特別な行為ではなかったのだと、後に知ることになったとしてもだ。

後で、同じ師に学ぶようになった時に、勇気を出して桂希を助けてくれたことを覚えているかと問うたとき、龍恩は何を言われているのかわからないという表情だった。

きっと、辛《つら》そうにしている他人に声をかけることなど、幼いときから、龍恩にとっては当たり前の行動だったということなのだろう。

彼らしいと、桂希は思ったものだ。

自分を助けたことは、特別なわけじゃない。

桂希は、龍恩の特別じゃない。

そのことを、嬉しくも思った。

他の人と同じように、接してもらえる。

桂希にとっては、ただそれだけのことが、好意を持つのに十分すぎる行動だったのだ……。

「あなたは、特別な存在です」

物心ついた頃には、桂希はそう教えこまれていた。

「皇帝陛下の血を引いているか定かではないのにもかかわらず、『皇子』である。その大きな恩を、あなたは身を以《もっ》て返すことができるのです」

皇族に代々仕える仙術使いはそう言って、桂希を『特別』にした。

その命を以て、国に尽くせる体に。

かくて、桂希は異形になったのだ。

人の姿形をしているが、普通の人間ではない体。

忌避された皇子という立場は変わらないが、桂希はただ後宮の片隅に打ち捨てられるだけの存在ではなくなっていた。

周りの人間が、桂希を遠巻きにしたのも、仕方がないとは思うのだ。

妃の不義によって生まれた子。

しかし、今となっては暁の国に必要な子――。

生まれてきてはならない存在だった。

しかし、生きることを許された以上、その恩に報いなくてはならない。それが、桂希の宿命だった。

そう、たとえ命を削ることになろうとも。


(――それなのに、どうして私は、肝心な時に戦場にいられなかったのだろう?)


「……んっ、く……」

口唇に、熱い感触。

何者かが、侵略してくる。

まるで、炎のごとく。

口内に背徳的なほど甘い蜜の味が広がったところで、桂希は意識を取り戻した。

目を見開く。

重苦しいほどの闇が、桂希にのしかかってくる。

(どこだ、ここは)

自分が横たわっていることに気がついた桂希は、そのまま起き上がろうとした。

ところが、手首がひとつに縛《いまし》められた上に、どこかに固定されているらしい。上半身の自由が利《き》かない状態だった。

おまけに、足首にも拘束具の感触がある。

(一体、私はどうなったんだ)

気を失う寸前の、どうにかしているとしか言いようがない龍恩や黄武帝の言葉を、桂希は思い出していた。

男である桂希を孕ませるという。

彼らは、何を考えているのだろう。

そして、龍恩は何を考えて、おめおめと桂希の前に姿を現したというのか。

(あの裏切り者め……！)

ぎりぎりと、桂希は奥歯を噛みしめる。

龍恩は良心の呵責《かしゃく》などないと、言わんばかりの顔をしていた。

あの、ぞっとするほど冷たい横顔。

彼のことを、どうして許せよう？

「目を覚ましたか」

闇の中から、冷ややかな声が響いてきた。

「……龍恩！」

体の自由は利かない。

だが、桂希のこの憎しみまでが抑えこめるものではない。

目をこらす。

おぼろに、闇の中で憎い男の影が浮き上がった。

彼は横たわった桂希の顔を、覗《のぞ》きこんでいた。

「どうだ、具合は？」

桂希の敵意を無視するような態度で、龍恩は尋ねてくる。

そんな氷のような男に、どうにか自分の憎しみと怒りを伝えたくて、桂希は嫌悪感を露《あら》わにする。

己の憎しみで、龍恩を傷つけたかった。

「貴様の存在が目の前から消えてくれない限り、快適にはならない。早く、私をここから出せ」

龍恩は、あくまで冷静な態度を崩さない。

「そうはいかない」

龍恩は、桂希の頬に手を触れてきた。

「おまえから、目を離すことはできない」

「……どういうことだ」

「今、おまえの中を陰陽の気の流れを変える仙薬が巡っている」

そう言いながら、龍恩は桂希の頬から下へと手を動かしていく。

そして、いきなり襟元に手をかけたかと思うと、一気に桂希の衣を引き裂いた。

「……なにを……っ！」

あまりの狼藉《ろうぜき》に、桂希は白皙《はくせき》の頬を赤く染めた。

仙薬などと、怪しげな術の力を使い、龍恩は一体何を為《な》そうというのか。

「言っただろう？　俺とおまえは血を交わらせ、ひとつの血統として暁の皇族の祭祀を司る」

真顔で龍恩は言う。

「俺とおまえが、二人で生きるために」

桂希にとっては、とても正気とは思えない発言だった。

「……私は、男だ……」

上擦《うわず》った声で、桂希は呟いた。

衝撃のあまり、ろくに言葉も出てこない。

「生きたければ、おまえ一人で生きるがいい！」

龍恩の生への執着を、蔑《さげす》むように桂希は吐き捨てた。

二人で生き残るなど、そんなことを桂希はまったく望んでいない。

「生きるなら、俺とおまえの二人一緒だ」

「どうして……！」

「それが、俺の望みだからだ」

「私は望んでない！」

桂希は気色ばむ。

今の龍恩には、ある種の気味の悪さすら感じるほどだ。

とても、言葉が通じているように思えない。

「わかっている。だからこそ、仙術を使った」

悪びれもせず、龍恩は言ってのけた。

「おまえに、俺の子を産ませる」

「……っ」

思わず、桂希は絶句する。

本当に、目の前の男は龍恩なのだろうか。

彼が裏切ると考えたことすらなかった桂希が、龍恩をよく知っているとはとても言えない。

それはわかっている。

だが、少なからず同じ戦場にいたこともあるし、かつては学友だったのだ。

知らぬ相手ではないはずなのに、今の桂希には龍恩が得体の知れない未知の存在にしか見えなかった。

龍恩の眼差しは、明らかに欲情を孕んでいた。

ぞっとするしかない。

桂希を母に重ねた皇帝に、そういう目で見られたことが度々ある。さすがに、寝所に召されることはなかったものの、桂希にとっては辛い記憶だ。

まさか龍恩にまで、こんな目で見られるとは思ってもみなかった。

「……私は母では……、芙蓉美人ではない」

桂希は、掠《かす》れた声で呟く。

「なぜ今、その名が?」

龍恩は、訝《いぶか》しげに眉を顰めた。

「……では、どうして私をそんな目で見る」

「俺は、彼女に会ったこともない」

龍恩は、忌々しげに呟いた。

「だから、どこかの誰かのように、いなくなった女の面影をおまえに求めることもあるわけがないだろう」

「……っ」

かっと、頬が熱くなる。

羞恥と怒りとが、こみ上げてくる。

公には父である皇帝に禁忌の欲を抱かれていたことを、龍恩にも知られていたとは……。

「俺が望むのは、おまえだけだ」

真顔で、龍恩は言い切った。

その力強い言葉に、桂希の体は知らず震えた。

目の前の男を怖《おそ》れているなどと、認めたくはない。

しかし、そう思わずにいられなかった。

「黄武帝も、俺の気持ちを認め、興じている」

黄武帝の舐め回すような視線を思いだし、ぞわっと桂希の肌が粟立《あわだ》つ。

桂希の体を、子を生せる存在にすることを許すと、黄武帝は言っていた。

あの猥雑《わいざつ》な戯れ言は、本気だったのだろうか。

あやしげな仙術の力を、使って……？

冗談じゃなかった。

誰が、黄武帝を興じさせてなるものか。

龍恩の思い通りになんて、絶対にならない。

「私を殺せ！」

「断る。おまえは、今から俺の妻になるんだ」

龍恩は、あくまで冷静に言い放った。

「薬は、陰陽の交わりを経《へ》て、効力を得るそうだ」

龍恩は、桂希の言葉を一切聞くつもりはないようだ。ただ、自分の欲望を、桂希に押し付けることを考えている。

吐き気がした。

国を裏切った男なのだ。

なにをしたっておかしくない。

そう思う反面、桂希は心のどこかで、龍恩という男を信じたいと願っていたのだろうか。

こんな男とは思わなかった、裏切られたという気持ちが、何かの間違いだと思いたい気持ちが、どうしても消えてくれない。

(私は愚かだ)

桂希は、歯噛みした。

結局のところ、桂希は龍恩との思い出に縋《すが》っているのかもしれない。

桂希を一人の人間としてまともに扱ってくれた、ぬくもりを感じさせてくれた男を、どうしても悪く思いたくないのだ。

拘束された状態の桂希の上に、龍恩は乗り上げてくる。

みしりと寝台が軋《きし》み、彼の重みが伝わってくる。

あらためて、恐怖心が沸き上がってきた。

龍恩が正気とは、とても思えない。

本気で桂希を孕ませるつもりなのだろうか。

「おまえは今から、俺のものになるんだ」

「やめろ……っ」

「やめない」

感極まったような掠れ声で囁いた龍恩は、噛みつくように口づけてきた。

あたかも、情熱をぶつけるような。

「ようやく、おまえを手にいれられる」

その声には、隠しがたい歓喜が滲《にじ》んでいた。

「……ふ、く……っ」

息が苦しい。

初めて奪われた接吻《せっぷん》は、まるで噛みつくようなものだった。

桂希の口腔《こうこう》を貪る龍恩は、最初ひたすら勢いまかせだった。それが、少しずつ味わうように、顎《あご》を咀嚼《そしゃく》させるように動かして、桂希の頬の内側を堪能《たんのう》し始める。

初めて口内で感じた他人の舌は肉厚で、ざらっとしていた。

そして、無遠慮すぎるほどに、桂希の中を這い回る。

桂希を味わうような、接吻だった。

彼の舌が口内で動きまわると、それにつられて蜜のような甘味が広がっていく。その不自然な甘さに、背が震えた。

(仙薬か……?)

既に術がかけられているのであれば、薬はまた別のものか。

何にしても、このままでは龍恩のいいようにされてしまう。

必死で、桂希は身じろぎした。

「……んっ、ふ……。ふぅう……っ」

「……っ」

入ってきた舌を噛んでやろうと顎に力を入れるが、上手くいかない。

龍恩は怯《ひる》むどころか、喉奥まで舌をねじこんでくる。

思わず、桂希は噎《む》せてしまった。

「ぐっ、ごほ……っ」

不意に、龍恩の口唇が離れる。

呼吸が楽になって深呼吸するが、体の拘束は外れない。

「放せ、この……！」

「なぜ、放さなくてはいけない？」

桂希が呼吸したのを見計らうように、もう一度龍恩は口唇を求めてきた。

強引に重ねられる口唇、ねじこまれる舌に、再び桂希の呼吸は奪われてしまう。

「ぐっ、う……」

息苦しい。

頭の芯《しん》まで痺《しび》れる。

思考が白んでいく。

そんな中でも、常に危機感はあった。

このままではまずい。

取り返しのつかないことになってしまう……。

そんな予感に、桂希は追い詰められる。

体は、むやみに熱くなっている。

それは、桂希にとっては未知の感覚でもあった。

仙薬を飲ませたと、言われた。

その結果、桂希の体に何が起こりうるのか。

(孕ませるだと?)

妄言《もうげん》としか言いようがない。

桂希は男だ。

男を孕ませようだなんて、まともな人間が思いつくことではないだろう。

いくら仙術を使うとはいえ、そのようなことが可能なのだろうか。

悪い冗談としか思えない。

だが、不可能とは言い切れないのが、恐ろしいところだ。

この世界には、仙道を極めて、仙術によって森羅万象《しんらばんしょう》を自由自在に操る者たちがいるという。

彼らを導師と呼び、地位のある者たちが相談相手として傍《そば》に置くことも珍しくない。

桂希の父である輝帝にも、導師がいた。

生まれ落ちてはならないはずの桂希という存在を、どうするのか。悩んだ輝帝に、『桂希の命に意味を与える』ということで、生かす理由にすればいいと入れ知恵したのもその導師だった。

桂希に、生まれながらある宿命を背負わせたのも仙術だ。

だから、桂希は仙術の効能というものが、一人の人間の人生を変えうるものであるということを、よくよく知っていた。

(確かに、黄武帝にもお抱えの導師がいる。あの男が薬を調合したというのか)

桂希の運命を変えてしまう仙薬を。

身の底から震え上がる。

このまま、桂希は男でありながら、孕むことができる体に変えられてしまうのだろうか。

仙術により人生が変わるのは、これが初めてのことではなかった。

それゆえに、桂希は熟知している。

仙術の恐ろしさ、その絶対的な力を。

(私は本当に、龍恩の子を孕まされてしまうのか?)

体の上にのしかかる重みが、これほど恐ろしいと思ったことはない。

恐怖に突き動かされるようにもがくが、拘束具だけではなく、龍恩自身もまた桂希を寝台に縫い付ける枷《かせ》となっていた。

「……っあ!」

思わず、桂希は悲鳴を上げてしまう。

もがいた罰だとでも言うかのように、龍恩があらぬところに触れてきたのだ。

他人になど、触らさせてはならない場所へ。

股間へと……。

「どこを触っているんだ、この痴《し》れ者め！」

「随分、初心《うぶ》な反応をするな」

龍恩は、ぐいっと桂希の顎を掴みあげる。

「おまえにとっては、今後は不必要になる場所だ。俺が愛でるためにだけ存在するものになるんだ」

龍恩の手が、桂希のそこをまさぐる。

それこそ、本来なら女を孕ませるための雄蘂《ゆうずい》だ。

今後はそれが不要だと、意味のないものになるのだと、龍恩は言うのだ。

桂希はこれから、雌雄の雌《めす》になるのだと。

龍恩の本気が、伝わってくる。

彼の思い通りになるくらいなら、自決するほうがましというものだ。

武器は奪われていても、まだ桂希には武器になるものがあった。

「……っ」

舌を噛み切ってやろうとしたが、龍恩の動きのほうが早かった。強引に口腔へと指を突っ込まれ、桂希はもがいた。

「……う、ぐ……っ」

「無駄な抵抗だ」

　龍恩は、口の端を上げる。

「……おまえは大人しく、俺に愛でられていればいい。それを易くするものは、与えてやったのだから」

「……ぐっ、う…っ」

　龍恩の逞《たくま》しい指に食らいつき、抵抗を諦《あきら》めない桂希だったが、一瞬息を呑む。

　下半身に、ずくりと重苦しいほどの感覚が生じたからだ。

「……う……っ」

　かっと、体が熱くなる。

　それと同時に、思うように体が動かなくなりはじめた。

　ひたすら熱く、もどかしい。

「……ん、で……っ」

　舌を噛むほどの力も、顎に入れられない。

　己の体の変化についていけず、桂希は呆然とする。

　そんな桂希の頬を、龍恩は満足げに撫でた。

「……薬が、効いてきたようだな。これで、おまえは俺に愛でられやすくなるはずだ」

「……んだと……っ」

　先ほど口内に広がった甘味は、桂希の体を雌にするためのものとは、また違ったようだ。

抵抗を奪うための薬ということだろうか。

「快楽を、とくと味わうがいい」

「な……っ、……ううっ、あ……！」

龍恩の手のひらが、無遠慮に桂希の下半身をまさぐりはじめる。

「あう……っ！」

初めて他人に触れられたことで、桂希の体は大きく震えた。

その震えはまるでおこりのように止まらず、桂希を翻弄《ほんろう》した。

「や、め……っ」

男の証である雄蘂が、龍恩の玩具にされている。

それこそ、そこは本来、女を孕ませるためのもの。

また、交わることで快楽が生じることも、さすがに知っていた。

しかし、桂希はそれを使ったことはなかった。

「……ひぅ、あ……、はな……はなせぇ……！」

呻くように声を上げるが、龍恩は手を止めない。

それどころか、ますます調子に乗って、桂希の雄蘂を握りこんだ。

「ひ……っ」

桂希は、思わず声を上擦らせた。

そこを他人の玩具にされる衝撃は、強烈だった。

快楽というよりも、ただ怖いという感情しかない。強すぎる刺激を、受け止めるのが精一杯だった。

そして、初心なそこは、素直に反応してしまう。

「ああ、好《よ》さそうだな。もう硬くなっている」

龍恩は容赦《ようしゃ》なく、その場所の変化を指摘してきた。

快楽を知らぬ雄蘂は、龍恩の手によってそれを教えられてしまったのだ。

「……っ」

龍恩の指摘に、桂希は白皙の頬を赤く染める。

「……こうやって扱《しご》けば、もっと好くなる」

「や、め……っ」

ゆるゆると手を動かし、龍恩は桂希の雄蘂を高めはじめる。

すると、先端の小さな穴が開き、ぷくっとなにかが溢れはじめた。

「……ひっ」

粗相かと思って、桂希は思わず息を呑む。

「……ああ、もう濡《ぬ》れてきたようだな」

「や……っ、はな……せ……！」

「恥ずかしがることはない。好くなれば、男なら誰でもこうなる」

　恥じらう桂希を龍恩は気にする様子もなく、漏れてきたものを桂希の雄蘂に擦《す》り込むように指を動かしはじめた。

「……もしや、粗相とでも思ったか。それは違う。これは、おまえの雄蘂が俺に与えられた快感に喜んで、泣いているだけだ」

「……っ」

　かっと、耳たぶまで熱くなった。

　屈辱で、頭がいっぱいだ。

　触れられてはならぬ場所だ。

　他人に、暴かれてはならぬ場所だった。

　それなのに、体は快楽を感じている。

「……ひっ、やめ……！」

「好くなっているのに、なぜやめなければならないんだ」

「あう……っ」

　調子に乗って、龍恩は桂希に快楽を与えつづける。

　龍恩の手の中で、桂希の雄蘂は張り詰め、硬くなっていく。

　本来ならば、それは女の中に入れる状態になっていっているということなのだろう。

しかし、今の桂希のそこは、ただの龍恩の玩具でしかない。

「あ……あぅ……っ、くぅ……ん……」

「……いい声で鳴くな」

欲望で、龍恩の声が低く掠れた。

(こんな……、こんなことが……っ)

快感というものが、まず桂希には恐ろしい。

それに、自分はこんなものを味わってはいけないという思いもあった。

禁忌《きんき》に、引き裂かれそうだ。

仙術によって歪められた桂希の命は、暁の国のもの。

桂希のものではなく、国のものだった。

そのため、桂希は快楽を恣《ほしいまま》にできる立場ではなかった。

(……が、わた……しが、かいらく……なんて……っ)

龍恩に弄《もてあそ》ばれているからだけではなく、快楽への恐怖心も高まって、桂希は必死で暴れた。

しかし、龍恩は桂希の抵抗など、ものともしない。

「やっ、あ……」

「好いのなら、耽溺《たんでき》すればいい。おまえは、真面目《まじめ》すぎる」

龍恩の声は、熱っぽい。

そして、歓喜に満ちていた。

「……もっと、己の快楽を求めてもいい」

「……わけ、いいわけない……！」

桂希は必死で、首を横に振る。

戦場にいる以外は、ひっそりと自分の宮で過ごすのが常だった。

そのせいで、桂希は世間知らずで、浮き世離れしたところがあった。

男女の交わりは、桂希には知識としてしか縁がないものだった。父皇帝は、桂希に誰かと交わることを許さず、結婚も禁じていた。

それでも、龍恩から与えられているものが、快楽ということはわかる。それゆえに、桂希は龍恩だけではなく、己の体も憎んだ。

龍恩の思い通りに反応する体を。

「可愛いらしいことだ。この闇の中でも、頬を真っ赤にしているのがわかるぞ」

頬を舌で舐めあげられ、思わず桂希は大声を上げてしまった。

「やめろ！」

全身が、怖気《おぞけ》を震う。

食われそうだ。

この闇ですら隠せぬ龍恩の獣欲が、ひしひしと身に迫ってくる。

今すぐここから逃げなくては。そう、本能的に感じるのに、桂希は龍恩に囚われたまま、なすすべもなく肌を露《あら》わにされていく。

「闇の中で、おまえの肌だけが白く浮かんでいる。美しいな」

陶然《とうぜん》とした声音で、龍恩は呟く。

「……正気じゃない……」

絞りだすように、桂希は呻いていた。

学友とはいえ、龍恩と特に親しい間柄だったわけではない。

だが、この男はこんな人間だったのだろうか。

机を並べ、師に学んでいた時の彼は、少なくとも桂希を特別視しない男だった。

聡明で、そして年齢よりも大人び、快活だが落ち着きのある性格で、桂希は感心していたのだ。

偽りの皇族である自分よりも、王族の龍恩のほうがよほど皇子らしいとも思っていたほどだ。

……淡い慕情や憧れを抱いていた。

目の前の男が、あの龍恩と同じ人間だとは思えない。

彼もまた、仙術で性格を変えられてしまったのだと言われたほうが、納得できる。

「ああ、そうだな。俺は正気などとうに捨てた」

龍恩は、喉の奥で籠もったような笑い声を上げた。

「全部おまえのせいだ、桂希」

「な……っ」

思わぬ言葉に、桂希は絶句する。

桂希のせいで狂った？

それは、どういうことなのか。

（私が、おまえに何をしたというんだ？）

意味がわからない。

だが、このような辱めを桂希に与えずにいられないほど、龍恩が桂希を憎んでいるのだと理解した。

「だから桂希、おまえは俺を恨んでいい。おまえには、なんの罪もない。すべて、おまえに魅せられ、溺《おぼ》れた俺の責だ」

低くうねるように響く声は、夜の海鳴りにも似ていた。

生き地獄を与えて、憎めというのか。

なんて身勝手な男なのだろう。

「ああっ」

初心な性器を、龍恩は手のひらで弄びはじめる。

身勝手なことを口走りながら、そこを擦《こす》りあげられると、ますます体が熱くなっていく。

龍恩の手の中で形を変えていくだけではなく、そこが湿り気を帯び始めたことに気がついて、桂希は泣きたくなった。

まるで、粗相をしてしまったかのようだ。

恥ずかしくて仕方がない。

「……いい反応だ」

喜びに喉を震わせるように、龍恩は呟く。

彼は無心で、桂希のそこを弄《いじ》りはじめた。

「ひっ、くぅ、あ……！」

声を短く上げながらも、桂希は必死で身を捩《よじ》る。

龍恩に弄ばれている場所から伝わってくる熱が、恐ろしくてたまらなかった。

引き込まれるような力があるからこそ逃れたくて、桂希は身じろぎをする。

だが体は、龍恩にしっかり押さえ込まれており、とても逃れるどころではない。

「どうして……」

桂希は怯《おび》えた。

得体の知れない感情が、波濤《はとう》のように押し寄せてくる。

このままでは、その熱に砕かれてしまうのではないか。

そんな恐怖すら、桂希は抱いていた。

「理由は問うな」

「……っ！」

桂希は声にならない悲鳴を上げる。

拘束具に繋《つな》がれていた足を、いきなり左右に割《さ》くように、龍恩が開いたからだ。

そこは既に、肌が剥《む》き出しになっている。

人に見せない不浄の部分が、露わだ。

かあっと、羞恥で全身が熱くなる。

「は、離せ！」

桂希は、上擦った声を上げる。

こんな狼藉を働かれたことなど、今までに一度もない。

混乱した。

それ以上に、恐ろしかった。

「離せない」

きっぱりと、龍恩は否定する。

「おまえは今から俺のものに――、『女』になるのだから」

傲然《ごうぜん》と言い放った龍恩は、大きく足を開いたままの桂希の肌に、なにか粘液状のものをまぶしはじめた。

不浄の部分にもおかまいなしで、龍恩は指を押しつけてくる。

「……さ、触るな！」

ぬめぬめとした感触が、気持ち悪くてたまらない。

しかも、触れられ慣れていない場所だ。

やたら、敏感に反応をしてしまう。

肌がぞわぞわするだけではなく、どういうわけか体の内部からも、ひどく疼《うず》くような感覚があった。

己の体だというのに、知らぬ反応をする。

その恐怖が、桂希の体を強張《こわば》らせる。

そして、体に力が入ることで、より龍恩に弄ばれている部分に対して、敏感になっていってしまうのだ。

悪循環だ。

「無理な相談だ」

桂希の抵抗を突き放すように、龍恩は言う。

「ここを触らなければ、子はできない」

「まだ、そんな戯れ言を！」

冷静に罵ってやれたらよかったが、今の桂希には無理だ。

自分の体が自分のものでなくなっていく感覚に、とても冷静ではいられなかった。

「戯れ言じゃない。おまえは、これから――」

「ひうっ！」

龍恩の指の動きに怯えるように、情けない声が漏れる。

怯えた自分が、悔しかった。

しかし、いまだ交わりを知らない桂希にとって、龍恩の所業は恐怖でしかないのだ。

雌にしてやるという意図を持って触れてくる指先は、恐怖でしかない。それが、快楽という禁忌を与えてくるから、尚更《なおさら》だった。

怖れまいと思ってはいても、自身を抑えることはできなかった。

「ここに、おまえはこれから俺を受け入れる」

「……っ、あ……！」

がくがくと、桂希の身は震える。

それは、言葉にできないほどの異様な感触だった。

「む、無理だ……っ」

「無理ではない。……おまえの体は、俺と番《つが》いになるように作りかえられるのだからな」

「いやだ、嘘だ、やめろ……！」

悲鳴を上げたところで、抗うことなどできはしないのだ。

桂希の足の間、恥ずかしい場所の穴に、ぬるっとしたものが入りこんできた。

その窄《すぼ》まりは、最初は侵入者を拒んだ。

けれども、少し力を込められただけで、拒否しきれずに屈してしまった。

内側の柔肉《やわじし》に、触れられている。

それは、ありえないことだった。

桂希は、本能的な恐怖に突き動かされる。

自分の中には、龍恩の指があるのだ。

「やっ、あ……！」

思わず桂希は甲高い声で、悲鳴を上げてしまう。

誰かに触れられたり、何ものも入れられるべき場所じゃないところを、弄くられている。

沸き上がる羞恥心は、理性で抑えられるものでもない。

「……ひ、あ……あぁ……」

屈辱と衝撃、羞恥で、桂希の体はろくに動かない有様だった。

それをいいことに、我が物顔で龍恩は桂希の体内を蹂躙《じゅうりん》しはじめた。

ぐぷ、ぬちゅ、と淫《みだ》らな音が聞こえてくる。

それが自分の内側からの音だと気がついた瞬間、桂希は目の前がまっ暗になる気がした。

一体、どうして？

今までにない反応に、ただひたすら恐ろしい。

この体は、どうなってしまうのだろう。

「な……っ、や、やめ……っ」

拘束された四肢《しし》で、桂希は無駄な足掻《あが》きをする。

逃れられなくとも、龍恩に一矢報いたい。

ところが、龍恩は桂希の足掻きなどは意にも介さなかった。

「やめない」

低い声で、龍恩は嘯《うそぶ》いた。

彼はあくまで冷静であり、桂希の抵抗にも心を動かされた様子はない。

「……あうっ！」

抵抗する桂希に罰を与えるかのように、龍恩が桂希の体内で指を曲げる。

肉襞《にくひだ》を内側から押し広げるような動きに、思わず桂希は息を噎せさせた。

こんな隘路《あいろ》を他人の手によって広げられることがあるなんて、一体誰が想像をするというのか。

「ここに、俺の精を注ぐまでは」

桂希の柔肉の感触を確かめるような手つきで指を動かしながら、龍恩は言う。

「馬鹿なことを言うな！」

情けないが、目の奥が熱くなってきた。

その場所に、桂希の体内に精を注ぐというのか。

(それをもって、陰陽の交わりが完成する……)

ぞっとした。

龍恩は、陰陽の交わりが完成すれば、仙薬が完全に効くと言ってなかったか。

本気で、龍恩は桂希を女とするつもりだ。

腰を捩るように、桂希は龍恩を体内から押しだそうとする。

だが、それは叶うはずもない。

それどころか、不自然に力を入れてしまったせいで、より内側から刺激される。

悔しいけれども、桂希は何度も、腰をびくつかせてしまった。

「そこは、そんなことをするための場所じゃない！」

わめくように言ったところで、蹂躙される体に解放は訪れない。

「これから、変わる」

喉を鳴らすように、龍恩は嘯いた。

彼は桂希を押さえつけ、さらなる恥辱《ちじょく》を与えようとした。

「……ひゃあ……っ！」

これまでは浅い場所をまさぐるだけだったものが、いきなり奥深い場所に潜りこんでくる。

体内の肉は擦られるだけで、悩ましいような疼きを掻き立てた。

「……龍……恩…っ」

憎しみをこめて、男の名前を呼ぶ。

この憎しみが届けばいい。

龍恩の心を少しでも傷つけられたらいい。

そう思うのに、龍恩は怯む様子もない。

「いい反応だ。俺の指は気に入ったか？」

「……っ」

「もどかしそうに、腰を揺らすな」

龍恩はほくそ笑む。

「もっと堪能するがいい。……男の味を教えるために、おまえの中を慣らす必要もあるからな」

「ああ……っ」

内側を、ひときわ強く擦られる。

ぐちゅぐちゅと、淫らな水音は、ますます強く大きくなっていく。

指にまぶされた仙薬はまるで潤滑油《じゅんかつゆ》のようで、桂希の中を開いていく。

狭いはずの場所が、ひとまわり広がってしまった気がした。

（こんなの、おかしい……っ）

闇に目が慣れたのか、龍恩の姿も闇の中でおぼろに捉えることができる。

彼は一体、どんな表情で、桂希にこんな狼藉を働いているのだろうか。

桂希に憎むように促《うなが》す彼もまた、憎しみをこめて桂希を見つめているのだろうか……。

なめらかに動く指には、最初は異物感しかなかった。

それなのに、気がつくと、不快感以外のものが生じてくる。

熱が沸き上がってきてしまう。

「……な、ん………」

ぴくんぴくんと、桂希の腰が震えだした。

「ひっ、やだ、嘘だ……っ」

「……いい反応だ。雌らしくなってきたな」

「違う……！」

「なにが違うというのだ？」

「ひぐっ！」

くぐもった悲鳴を上げた瞬間、内壁は龍恩の指に吸い付いてしまう。

吸い付いた肉襞を振り払うように激しく指を出し入れされると、信じられないことだが、背がしなるほどの強い衝撃が桂希の全身を貫いた。

「あっ、あ……、あふ……っ！」

　下半身が、血に滾《たぎ》る。

（嘘だ）

　桂希は屈辱と羞恥で、どうにかなりそうだった。

　今はもう触られてもいない性器が、下腹につくほど形を変えている。

　跳ね上がるように反り返ったものは、先端から雫《しずく》を溢れさせていた。

　雄蘂は止めどなく快楽を垂れ流し、桂希の腹は濡れてしまっている。

「……や、め……っ。やめろぉ……！」

　快楽など、欲しくない。

　それなのに、己の体が抑えられない。

　いつから桂希は、こんなに浅ましい人間になってしまったのだろうか。

　望んでいるわけではないのに、龍恩に与えられる快楽を享受《きょうじゅ》している。

　拒もうとしていても、拒むことができない
　雌蘂《しずい》に精を与えるために、雄蘂が形を変えることくらい、桂希も知っていた。

　そして、己の体がいま、その状態であることも。

　それが龍恩の手によるものだということが、受け入れがたい。

　己が雌にされるのも、龍恩のいいようにされているのも、どちらも桂希にとっては受け入れがたかった。

死んだほうがましというものだ。

けれども、熱に浮かされた桂希の体からは、死すら奪われている。

龍恩の手管に反応するだけの体では、死を選ぶことすらもできないのだ。

惨《みじ》めだ。

こんなことをされるほど、桂希は龍恩に憎まれるようなことをしたのだろうか？

つい、埒もないことを考えてしまう。

それとも、生まれてくるべきではなかった罪深い桂希は、それにふさわしい因果を与えられたということなのだろうか？

「緩んできたな。この調子だったら、入るだろう」

体内に、龍恩の指を入れられているなんて、とても信じがたかった。

ありえない。

いやいやと頭を振っていると、ようやくそれが引き抜かれていく。

だが、龍恩は決して、桂希の拒絶を受け入れたわけではない。

彼は指のかわりに、もっと太く、熱く、そして弾力のあるものを桂希へと宛《あ》てがってきた。

「俺のものになれ、桂希。そして俺を憎んで――」

そこから先の言葉は、聞こえなかった。

桂希自身の悲鳴に掻き消されてしまったからだ。

「……ひぃっ、あ……。あふ……っ！」

寝台の上で、桂希の体はゆらゆらと揺らされている。

龍恩の与えてくる、暴力的な快感によって。

「……ひぐっ、あ……っ、ああ……！」

「いい締め付けだ。持っていかれそうだ」

桂希の体の上で、龍恩は喉を鳴らして喜んでいる。

彼は桂希の足を大きく開かせた状態で、穴の中に彼自身の性器をねじ込んでいた。

桂希の不浄の穴は、今や雄蘂に娶せられた雌蘂だ。

その雌蘂はどろどろに濡れており、暴れまわる雄蘂の形に無理矢理広げられている。

だが、苦しいわけではない。

それどころか、龍恩が腰を動かし、性器でそこを大きく広げるにつれて、熱を帯びた快感を

桂希に与えてくるのだ。

「……くぁ……っ、いや、いやだあ……！」

龍恩の性器に衝き上げられるたびに、背中が強くしなる。

それほど初めてもたらされる官能は抗いがたく、こみ上げてくる強烈な快感に、桂希は踊らされるままになっているのだ。

桂希自身の雄蘂の先端からは、ひっきりなしに溢れてくるものがある。

幼子の粗相のような感覚は羞恥を煽《あお》るが、それが快楽の証だと言われると、さらには絶望まで招いた。

龍恩に辱められ、快感を抱いている。

それは、とうてい桂希に耐えられることではない。

「……ぐ……っ、あ……！」

仙術でも、薬の力でもなく、龍恩に雌にされた穴。そこを抉《えぐ》るように動く龍恩の雄蘂は凶暴すぎるほど凶暴なのに、強烈な快感を与えてくる。

雌というものは、これほど雄に抗えないものだろうか。

それとも、桂希が浅ましい体をしているから、こんなことになってしまっているのだろうか……？

「……そろそろ、出来上がってきたか」

「ひゃあっ！」

雄蘂を手のひらで握りこまれて、桂希は悲鳴を上げた。

どろどろの蜜にまみれたそれを、龍恩は手のひらに握りこみ、ねちねちと刺激する。すると、一層、むずがゆいような、こらえ性のない感覚が溢れてきて、桂希は絶望した。

一体、自分はどうなってしまうのだろう。

「どうだ。雌の快楽は」

「ひぐっ！」

一際強く桂希を突き上げて、龍恩は嘯く。

「……俺の、男の味はどうだ？」

「……は……ぁ、や……、いやだ……っ」

桂希は、だだっ子のように首を横に振る。

「もう、や……め、やめろ……ぉ…っ」

龍恩に何を言われようと、今の桂希は拒絶を示すことしかできない。

「おまえの体は、やめてとは言っていないようだが？」

「はあっ！」

腰を押しつけるような体勢で、龍恩は思いっきり桂希の奥を突いてきた。

その衝撃に、桂希の体は大きくしなる。

（……あつ、い……）

認めなくてはならない。

桂希の体は今や、龍恩の性器に支配されている。

その動きひとつで、熱が溢れ、身を焦《こ》がす。

最悪だった。

今の桂希の体は、龍恩の性器の奴隷のようだ。

もはや桂希自身の意思で、動かすことすらままならない。

「まだ触れてもいないのに、乳頭が勃《た》っている」

「……んっ、ああ！」

平らな胸にある突起に噛みつかれ、桂希は大きく悲鳴を上げる。

「こんな反応をするのは……、好いということだろう？　快楽に溺れる雌の反応だ」

「ち、違う……っ！」

「違わない」

必死で龍恩から離れようとする桂希の腰を、彼は力強く押さえこんだ。

そして、力強く桂希の体内を突き上げる。

その瞬間、体内にある龍恩の性器を思いっきり締め付けてしまい、その途端《とたん》下半身から力が抜けた。

もはや、性器の熱さによって、内側から溶かされてしまったかのようだ。

「すぐ、雌の立場にも順応できそうだ。いい体だ」

「…くっ、あ……。ああっ！」

左右の乳首を代わる代わる嚙まれながら、何度も何度も性器で奥を突き上げられる。

女として扱われている屈辱にもかかわらず全身は熱く、桂希の性器は快楽に腫《は》れ上がっていた。

「……ひっ、あ……あう……っ」

豆のように硬くなった乳首への鋭い刺激と、征服される苦しさと一体の快感と。

触れられている部分すべてから生まれる快楽は、もはや桂希から吹きこぼれそうになるほど沸騰していた。

「……あ、ひゃあ……っ」

まともな言葉が、出てきてくれない。

口を閉じる力も顎から失《う》せて、開きっぱなしの口唇の端からは、たらたらとはしたない唾液が溢れてくる。

それを舐めとって、龍恩は囁く。

「いい顔だ」

しっかりと桂希を腕に抱きかかえ、龍恩は勝ち誇ったような表情になった。

そして、桂希の顔を覗きこんでくる。

「女の喜びを、教えてやろう」

辱めの台詞《せりふ》としか、思えなかった。

だが、今の桂希には、罵声《ばせい》を浴びせるだけの余裕もなかった。

「……いっ、あ……？」

ずくりと、体内の龍恩が一際大きくなった。

驚きのあまり、桂希は目を見開く。

みちみちに銜《くわ》えこんでいたものが、さらに桂希を体内から刺激してきた。

「あ……っ、な……？」

「おまえは、これで俺のものだ」

陶然としたように、龍恩は呟く。

「ずっと、この時を待っていた……！」

「……っ、あ……、ひゃあああ……！」

一際大きく腰を動かされて、桂希は悲鳴を上げる。

次の瞬間、体内の龍恩は大きく弾《はじ》けて、桂希もまた快楽を溢れさせていた。

第三章

「……は……ぁ……」

息をつくのも、苦しい。

大きく胸を上下させながら、桂希は呼吸をしようとする。

体内に精を放たれ、陰陽の交わりは成立してしまった。

雌になるための儀式が、完成してしまったのだ。

しかし、今の桂希には、それを怖れる気持ちすら抱くことができなかった。

激しすぎる快楽に翻弄され、その衝撃から立ち直れないまま、惚けている。

いまだ、体内では龍恩が存在感を放っていた。

彼は、身動きのとれない桂希の全身に覆《おお》い被《かぶ》さるようにしながら、執着を滲ませた指先で肌をなぞり続けていた。

桂希もまた熱の放埓《ほうらつ》を楽しみ、今は全身から力が抜けてしまっている。

汗まみれの肌から熱が引くのにつれて、心も寒々としてくる。

なんてことをしてしまったのか。

（私は、禽獣にも劣る）
憎い男に与えられた快楽に溺れてしまった。
性欲という本能に負けた。
いくら仙薬を使われたとはいえ、自分が許せない。
「桂希……」
満たされきった声音で、名前を呼ばれる。
頬を撫でられ、ぞくりとした。
「触るな……！」
声を上げる。
喘《あえ》がされ続けた喉はすっかり嗄《か》れていた。
掠れてしまった声に、拘束を忘れて思わず喉を押さえようとする。
すると、意外なことに抵抗はなく、喉をさすることができた。
しかし、手枷の重さには変わりがない。
ただ、少しだけ手の自由が利くように、鎖の長さが変わっただけのようだ。
（……この長さだったら、龍恩の喉を締め上げられるだろうか）
じゃらりと鎖を鳴らして、桂希は考える。
たとえ辱められてしまったとしても、桂希は屈したつもりはない。

仙薬がなんだ。
こうして体の熱が冷めれば、桂希は正気だ。
決して、龍恩に従属するつもりはない。
龍恩は桂希に、「憎め」と繰り返していた。
恨みをぶつける桂希をねじ伏せる、悪趣味な遊戯でもしているつもりだろうか。
だが、それが龍恩の命取りになる。
（後悔させてやる）
性の玩具にされ、心を弄ばれた恨みを、決して忘れたりするものか。
（このまま龍恩が眠るようなら、その時こそ鎖で……）
冷たい鎖の感触が、今の桂希の心の支えだった。
これがあれば、憎い男を殺せるかもしれない。
龍恩が、なぜ故郷を裏切ったのか。
殺す前に、聞いてみたい気持ちはあるが——。
「桂希」
龍恩は掠れた声で、桂希の名を呼ぶ。
その声にはいまだ熱が籠もっていることに、桂希はぞっとした。
この男は、まだ桂希を欲望のはけ口にするつもりなのだろうか。

桂希は顔を背け、全身で龍恩を拒絶する。

しかし龍恩はお構いなしで、桂希の顎を掴み、顔を上に向かせようとした。

唾でも吐きかけてやろうとした、その時だ。

「無事に、陰陽の交わりは成ったようだな」

闇の中から、聞き覚えのある声が聞こえてくる。

黄武帝だった。

衣擦《きぬず》れの音は、二人分。

彼は、供を引きつれて閨《ねや》にやってきたらしい。

「ふん、殺気が伝わってくる。どうやら、いまだ己の立場を理解できていないらしいな」

黄武帝は蝋燭《ろうそく》の炎で、寝台を照らしてきた。

橙色《だいだいいろ》の揺らめくような明かりを掲げた黄武帝は、嘲笑している。

「龍恩。おまえのその立派な一物で、よくよく躾《しつ》け直してやれ。いずれ、このじゃじゃ馬も快楽で飼い慣らされていくであろう」

「……これ以上、私を侮辱するな！」

かっとして、桂希は黄武帝を怒鳴りつける。

黄武帝は笑っていた。

「本当に活きがいいことだ。そろそろ変化も始まっている頃合いだと思ったが、まだなのか。

龍恩、おまえは本当に、桂希にしっかりと種付けをしたのか」

「……」

龍恩は無言だ。

黄武帝に対して、不遜とも言える態度をとる。

そんな龍恩を意に介することはなく、黄武帝はさらに命じてきた。

「見せてみろ」

龍恩は無言で、身じろぎをする。

黄武帝に媚《こ》びへつらっては見せないが、逆らうつもりもないようだ。

「……あうっ」

体内から、龍恩が出ていく。そろりと長大な性器が引き抜かれていき、思わず桂希は呻いてしまった。

「ご検分を」

「見せてもらおうか。おまえがどのように、これを雌に仕上げたか」

黄武帝の嬲るような言葉を、龍恩は受け流す。

彼が何を考えているか、桂希にはさっぱり理解できない。

彼は桂希から体を離すと、いきなり桂希をあぐらをかいた膝の上に載せるように抱きかかえた。

そして、黄武帝たちに向かって、桂希の足を開かせたのだ。

「何をする！」

桂希は、色をなして叫び声を上げる。

性器を引き抜かれた穴の奥から、何かが流れ出す感覚があった。

どろどろした粘液状のそれは、龍恩の放った精液に他ならない。

「見るな……！」

憎い仇の前で、取り乱したくなどない。

だが、陵辱《りょうじょく》の痕跡を見せつけるようにさらされるのを、平然と堪《こら》えるのは無理だった。

それに、いくら生き残りたいとはいえ、龍恩がこんなふうに黄武帝に唯々諾々《いいだくだく》と従う姿を見せられるのも耐えがたい。

この期《ご》に及んでと、桂希自身も思う。

龍恩は、桂希が思っているような人間ではなかった。

……そう認めるのは、こんなことをされている今ですら、まだ辛くてたまらないのだ。

「おお、たっぷりと子種を垂れ流しておる。いやらしい雌穴だな」

蝋燭の炎で桂希を照らしながら、黄武帝はほくそ笑んだ。

「仙薬の効果が現れるのには、時間がかかります。これから、変化をしていくのでしょう」

黄武帝の傍《かたわ》らから、重々しい声が聞こえてくる。

忌まわしい仙術を桂希にかけた、例の導師に違いない。

星を仙術で侵し、そして暁が滅びる原因を作った元凶だ。

その男によって、桂希の命運も狂わせようとしている。

二重にも三重にも憎い男を、桂希は視線で射殺《いころ》すように怒りをこめて見据えようとした。

「ひとつ、余興をお見せしますか。陛下も龍恩殿も、楽しめることでしょう」

闇の中から、ぬっと腕が伸びてくる。

その手は、無遠慮にも桂希の股間に触れてきた。

「……っ」

桂希は青ざめる。

萎えた性器の先端に、違和感がある。

導師が、性器の先端にある小さな穴に、何か異物を入れてきたのだ。

「わ、私に何をした！」

「余興だと、言っただろう？」

導師は冷ややかな声で言う。

「まだ、雌の自覚もないようだからな。この際、たっぷりとその体で学べばいい。男でも女でもない、男に奉仕して子種を孕むための、孕み奴隷になりながらな」

「……！」

ぞくんと、性器が震える。

「な……」

引き攣《つ》れるような痛みが走り、思わず桂希は前屈《まえかが》みになる。

「……っ、あ、ああ……⁉︎」

性器が熱を持つ。

腫れたような、痛いような、そして痺れるような感覚が、そこに生じはじめていた。

「一体、どうなって……」

じわじわと、何かが桂希の中を侵食しはじめる。

性器の小さな穴の中を、何かが這うような……。

「いや、やだ、やめろ――！」

闇雲に、桂希は拒絶の言葉を叫んでいた。

その瞬間、体内に何かが根を張るような異様な感覚が、桂希の全身を貫いた。


「……ひぁ、はあ……あふう……っ」

大きく喘ぎ、ようやく息を吸えたと思った瞬間、なにかが桂希の口内に入りこんでくる。

青臭い味は、蔓《つる》だ。

桂希の性器を宿にして芽吹いた蔓。仙術により、自ら意思をもって動きまわるそれは、桂希の全身を冒していた。

あっという間の出来事だった。

性器の穴に入れられた種子は芽吹いたかと思うと、桂希の体を絡めとり、桂希の体内を侵略しはじめたのだ。

鎖につながれた桂希は、抵抗もできない。

嬲られる桂希を、龍恩も黄武帝も、そしてこれを仕組んだ導師もまた、見つめていた。

「……う、あ……あう……ぐ……っ」

桂希はもはや、人の言葉もしゃべれない。

喉奥を侵されているというだけではなく、終わることのない淫獄《いんごく》へと、生きながら堕とされてしまったのだ。

何本も絡みあい、人間の雄茎《ゆうけい》より太く、そして凸凹《でこぼこ》とした醜悪な表皮に包まれた蔓は、先ほどから桂希の穴を盛んに出入りしている。

内側の、性器の快楽と直結した場所を擦るように責め立てられるせいで、桂希は喉を嗄らしてもなお、喘ぎ続けなくてはならなかった。

さらに、性器の穴の内側には、根が張っている。

体内から性器の付け根を刺激されると、それだけで射精への欲求がこみ上げてくるが、根がそれをせき止めるような状態になっており、望みは叶えられなかった。

子種を生む袋も、みっしりと重くなっている。

蔓が責め立てるのは、下半身だけではない。

臍《へそ》を抉るようにさすられながら、乳首まで細い蔓に絡みつかれる。

乳首に巻き付いたそれは、最初はさするような動きを見せていたが、やがて乳の先端にある小さな穴を狙いはじめた。

（……痛い、熱い……っ）

痛みも熱さも、今の桂希には同じもののように感じる。

蔓にさすられて、尖《とが》ってしまった乳首は、女であるなら乳が出てくる場所だ。しかし、男の身の桂希にとって、そこはなんの意味もなかった。

だから、そんな場所に穴があることについて、考えたこともなかったのだ。

「……あっ、や……。来るな、くるなぁ……！」

桂希本人すら意識していなかった場所を、蔓は見逃さなかった。

細く、針のように尖った蔓がそこに入りこんできた瞬間、桂希は声にならない悲鳴を上げた。

桂希の体は蔓に絡めとられた状態で、ありとあらゆる場所を陵辱されつづける。

ずぼずぼと抜き差しを繰り返す蔓は、やがて一際深く奥まで入りこんできたかと思うと、一斉に粘液を吐き出した。

「……ひぁ……あう……っ、ううう……」

体の穴という穴を犯されている。

青臭い粘液が、流れこんでくる。

尻や口だけではなく、乳首からも何か流しこまれる。ぱんぱんに、胸が腫れ上がっていく感覚に、桂希は怖気を震った。

いつになったら、この陵辱は終わるのだろうか。

「……ひぅ、あ……っ、ああ、あぐ……っ！」

腰が大きくひくつく。

こみ上げてくるのは、射精への欲求。

だが、性器は蔓に塞がれており、本能が求めるように解放されることはない。

（くる、し……っ）

息をつこうとすると、喉奥に蔓が入ってくる。淫らに粘膜をこすりたてる蔓のせいで、さらに桂希は追い詰められていた。

「……んっ、んん、ん――！」

反り返った性器が、大きく震える。

しかし、先端から子種が溢れることはなく、透明な体液が滲むのみだ。

腫れ上がったかのように膨らんだ性器は、小刻みに痙攣《けいれん》を繰り返す。
精を放つことは許されないまま、桂希は絶頂だけを何度も強《し》いられた。
その様を、黄武帝たちは笑いながら見ていた。
穴を犯されて絶頂を迎えるなど、ただの雌だと――。
「……うぐ……う、うう……」
垂れ流される粘液が触れた場所は、今以上の熱を持つ。
疼くような感覚は、間違いなく快楽だった。
このままだと、快楽に狂う。
既に、自尊心も何もかも無茶苦茶にされてしまっていた。
(あ、ああ……、いや、だ……、いやだあ……っ)
心の中で苦鳴《くめい》を上げつつも、快楽の熱を押しとどめることはできなかった。
黄武帝たちの見世物にされながら、桂希はよがり狂う。
「……ぐっ、う……うう…っ」
呼吸が苦しい。
息もままならないせいか、頭の芯に霞《かすみ》がかかりはじめる。
思考力が失せて、何も考えられなくなる……。
「……うっ、ぐ……っ、うっ」

ぴくりと、桂希の腰が跳ねた。

何も考えられないというのは、嘘だ。

今の体中の粘膜という粘膜から得られる、快楽のことで頭がいっぱいになっている。

蔓が体を這い回るたびに、ぴくっぴくっと体が震えて、勃起できる場所すべてがしこって先端から何かを噴き出してしまいそうだった。

「……んっ、ん………っ」

雄蘂が、桂希自身の下腹を叩《たた》きそうなほどに勢いよく反り返る。

「雌らしい顔になったな」

黄武帝は、わざとらしく桂希の顔を蝋燭で照らす。

「わかるか？　女の乳房のように、胸が腫れ上がっておる。腹は、まるで孕み女のようだ」

どれほど、おぞましい姿に変えられているのか。

今の桂希には、その恥辱を考えることもできなくなっている。

身を汚されているのだとあざけられても、桂希は黄武帝に欲にまみれた虚《うつ》ろな眼差しを向けることしかできなかった。

雌の顔だと蔑まれた、その言葉だけが、快楽とともに心へと刻みこまれる。

（雌……、私は雌……）

強制的な快楽を与え続けられ、限界だった桂希の中で、何かが壊れた。

それは、決定的な瞬間だった。

心と体が溶けていく。

「……あっ、は……ぁ………」

口内を犯していた蔓が這い出た瞬間、桂希の口から漏れたのは、ありえないほど甘ったるい声だった。

快感が余すところなく滲んだ、発情した雌の鳴き声だった。

自分自身の声ですら、今の桂希には興奮の材料でしかない。

腰を揺するように、全身が揺れる。

もっと刺激をせがむように。

「……蔓の陵辱のせいだけではなく、そろそろ、変化が訪れはじめたようですな」

導師は己の成果を確認するような、冷静な眼差しを桂希に投げかけてきた。

彼は、開かれたままの桂希の股間を眺めている。

「どれどれ」

黄武帝が、興味を示したらしい。

蝋燭の炎が揺らめき、桂希の下半身に向けられる。

「ごらんなさい。雄の証が縮み、雌の穴になりかけている」

「なるほど。龍恩、触って、広げてみよ」

「御意」

「ひ……っ」

龍恩の指が、桂希の秘部へと触れてくる。

彼が触れた場所は、子種を養う睾丸《こうがん》を包みこんでいる場所だ。性器の根元に連なる嚢《ふくろ》が、あるべき場所。

「……これは……」

龍恩は、掠れた声で呟く。

桂希の陰部を、彼はしきりにまさぐりはじめた。

「ひっ、ひゃあっ、あっ！」

龍恩の指の動きに合わせるように、桂希も淫らな声を漏らしてしまう。

子種の巣を転がされているせいではない。

そこにはあるべきものが収縮し、かわりに穴が開きはじめていたのだ。

陰嚢《いんのう》は小さくなり、女陰のようにふっくらとした覆いを伴う、外に開かれた穴が。

指先で内側の粘膜をこすられて、桂希は己の体に起こった異変を痛感した。

「嘘だ……っ！」

とても、正気ではいられない。

自分の体は、一体どうなってしまったのだろう。

「……これが、仙薬の効果」

龍恩は、感激を押し殺したような声で呻いた。

「上手くいったか」

導師は、満足げに笑っている。

「これで、無事に子を孕める体になったな」

「それは上々。しかし、奇怪な体だな。男でありながら、一物を食らう穴ができるとは」

「……」

男たちの視線が、桂希の陰部に集まっている。

そこは今、龍恩の指が擦りつけられていた。そして、指の動きに合わせるように、体内から濡れはじめている。

ぬちゃぬちゃと、いやらしい水音が響きだした。

「淫乱《いんらん》め」

黄武帝は吐き捨てるように言う。

「救国の東方将軍殿も、ただの淫売だったというわけか」

「そろそろ、蔓も役割を果たしたでしょう。龍恩殿、これに種付けをしておやりなさい」

導師の言葉に従うように、桂希の体は蔓から解放される。

そのかわり、龍恩がしっかりと桂希を押さえこんだ。

「……導師の仙術には、凄《すさ》まじい力があるようだな」

ぬるぬると淫液を指に絡めながら、龍恩は呟く。

「……ひゃあ、あう……っ！」

指で擦られるだけで、桂希の中で何かが蠢《うごめ》く。

己の体が、男に対して開いていく感覚。

剥き出しにさせられた粘膜が、ひくついている。

「……くぅ、ふ……、ああ……ふっ」

「すごいな。俺のものになるために、おまえの体は開きはじめている」

まるで熱に浮かされでもしたかのように、龍恩は呟いた。

先ほどからの指の刺激で濡れていた穴に、彼は猛々《たけだけ》しい雄蘂を押しつけてきた。

「ああっ、きゃあぅ……っ！」

桂希は、女のように悲鳴を上げた。

「……はいる、はいってくる……！」

ずぷりと、熟れきった孔が、龍恩に侵略された。

そこは既に陥落しきっていて、あっさりと龍恩を受け入れ、降伏の証に彼をきつく締め付ける。

そして、さらに奥へと、導こうとしていた。

深い場所への種付けを望むかのように。

「さすが、『女』だ。なんの抵抗もなく、俺を受け入れる」

「ひぁ……っ！」

桂希は、龍恩の性器を受け入れさせられる。

できたばかりの処女地は、あっけなく踏み荒らされた。

「……これで、本当の種つけができるな」

「ひっ……」

「さあ、俺の子を孕め。血を交じらえよう」

「いやだ、孕みたくない……！」

抵抗したところで、拘束された体では抗うことができない。

黄武帝たちの目の前で、龍恩は桂希の奥深くへと精を放った。

「あ……ああ……」

「こぼさず、呑み込めよ」

不自然に膨らんだ桂希の胸を揉《も》むように、龍恩は嘯く。

「これで、おまえは俺のものだ」

「……ひっ、あ……、ああ……」

ぶるりと、乳頭が震える。

桂希の乳首から、熱い粘液が溢れた。

蔓の注ぎ続けた淫汁が、精のかわりだとでも言うかのように噴き出したのだ。

「たっぷり乳を出したな。種付けをされながら乳を垂れ流すなど、まるで雌牛のようだ」

「……や……ぁ……っ、あ、ああん……っ！」

黄武帝の一言で、己の今の姿を桂希は思い知らされた。

龍恩に犯され、子種を植え付けられて、乳首から乳のようなものを噴き出している。

こんな屈辱的な状況なのに、桂希の雄の部分はいまだ天を向き、解放の時を待っているのだ。

快楽を得ている。

「気持ちがいいのだろう？」

桂希の顔を上向かせて、黄武帝が蝋燭で顔を照らしてくる。

「おまえのような淫らな雌は、見たことがない」

「……あ、ああ……、あ……」

涙が、どっと溢れる。

「……みだ、ら……」

「ああ、そうだ。この淫売め。憎くて仕方がない男の子種を植え付けられて、大喜びをしているじゃないか」

「ひい……っ！」

　黄武帝は、桂希の性器を握りしめた。

「種付けされながら、ここから精を放ちたくて仕方がないのだろう？　子を生《な》すのではなく、ただ快楽のためだけに」

　性器をいたぶられる強烈な痛みと快感に、がくがくと桂希は全身を震わせた。

　限界だ。

　今すぐ解放されないと、頭がどうにかなってしまう。

　しかし残酷な黄武帝は、桂希に言葉での屈服を迫ってきた。

「交尾をするのが大好きな、淫乱な雌犬だと認めない限り、ずっとこのままだぞ」

「……ひいっ、ぐ……！」

　性器を揉まれ、桂希は屈服する。

　触れられないままでも、精を溜《た》め込んだ性器は限界を迎えて、小刻みに震えつづけていたのだ。

　それを、乱暴に煽り立てられたら、ひとたまりもない。

　桂希はもう、それ以上抵抗できなかった。

「……き、きもちいい……っ！」

「そんな言い方は、教えていない」

　達しかけた瞬間、黄武帝はぐっと桂希の性器を握りこんだ。

「ひ……っ！」

桂希は、大きく背中を反らせる。

「……あっ、ぐ……」

達することができない苦しさに、雄蘂はひくついている。

桂希が虚ろな眼差しを黄武帝に向ければ、彼は残忍な笑みを浮かべた。

「おまえは、交尾が大好きな雌犬だ。俺に滅ぼされた一族の祭祀を司る子を孕まされるために生かされている」

爛々《らんらん》と獣欲を漲《みなぎ》らせながら、黄武帝は言う。

「己の立場を、よく理解することだな。ほら、言ってみろ。朱桂希は、交尾の大好きな雌犬です、と」

「……ひぁ……、ああっ、ひっ、ひう、あっ、あぐぅ……！」

いやだ。

そんな屈辱的なことを、口走ってたまるか。

すり切れかけている理性が、必死で抵抗しようとする。

しかし、快楽の前には徒労に終わった。

達することが許されないまま性器を激しく擦られて、とうとう桂希は屈した。

「……す、雌犬です」

閉じられず、開きっぱなしになった口唇の端から唾液を溢れさせながら、桂希は狂乱したように叫んだ。

「私は……交尾が大好きな雌犬です……！」

「ふん。最初から、素直になればいいものを」

ようやく、縛めが緩む。

その瞬間、桂希の雄蘂は勢いよく跳ねた。

「いやらしい雌犬め。存分に漏らすがいい」

「は、はい……っ、めす、雌ですぅ……、淫乱です！」

髪を振り乱すように、桂希は泣き叫んだ。

それほど、抑えこまれていた快楽の暴発は強力だった。

桂希の理性どころか、心まで壊した。

「めす……めすです、ゆるしてぇ……！」

恥辱の台詞を強いられながら、桂希はとうとう射精した。

「ひっ、あ……ああっ、すご……、すごい……っ！」

のけぞりながら、びゅくびゅくと勢いよく精を放つ桂希は、譫言《うわごと》のように快楽を言葉にした。

「……あう……っ、あ……あぁ……」

「暁の国の至宝も、落ちたものだな」

あざ笑う黄武帝の言葉すら、もう桂希を正気に戻すことはない。

「これほどの淫乱では、まだ足りぬだろう」

「ひぐ……っ！」

射精している途中の雄蘂を擦りあげられて、桂希は一際甲高い嬌声《きょうせい》を上げた。

「……ら……やらぁ、いって……、いって……りゅぅ……っ！」

「ふん、精を放ちながらいたぶられるのが、好くてたまらぬのだろう？」

黄武帝は、残虐な快楽に酔いしれている。

「どうだ？　龍恩に犯されるのと、雄蘂をいたぶられるのと、どっちが好きだ」

「……あぅっ、あ……はぁ、とまら……とまらなぃ……っ！」

精を放ちながらなおもいたぶられる雄蘂が、ひくついている。

腰が大きく揺れ、体内も締め付けたせいで、内側から龍恩にも刺激されてしまった。

黄武帝に好きなように桂希をいたぶらせていたと思ったが、それを境にするように、龍恩も激しく腰を動かしはじめた。

「……っ、あ……ひぃ……！」

雄蘂をいたぶられ、雌穴を突き上げられる。

強烈すぎる快感に、桂希はあられもなく叫んだ。

「……ひっ、ん……もっと、もっとぉ……！」

快感をひとつ選ぶことなどできない。

今の桂希は雄の欲を受け、快楽に鳴かされる雌犬でしかなかった。快楽を求める本能に従って、淫らに腰を振りつづける。

「……桂希……」

「……ひっ、ぐ……くぅ……んっ！」

龍恩は熱っぽく桂希の名を呼ぶと、強引に口唇を塞いできた。一際乱暴に龍恩に犯されながら、桂希は何度も絶頂を迎えた。

第四章

「……ひぁ、あぐ……あ、あぁん……っ」

ぐちゅぐちゅと、淫らな水音が響いている。

奥まで穿《うが》つ性器の逞しさや熱に突き上げられるたびに、閉じられなくなった桂希の口唇からは嬌声が溢れ続けた。

「……ひぁ、ああん、あ……ああ……！」

己を犯すもののことしか、考えられない。

受け止めきれず、淫らな襞から子種を零《こぼ》しながら、桂希は鳴き続けた——。

爛《ただ》れた熱に浮かされながら、桂希は悪夢のぬかるみに落ちていた。

いや、本当に夢だったら、どれだけよかっただろう。

黄武帝や導師の前で、桂希は何度も繰り返し龍恩に犯された。

桂希は子種を受け止める器だった。

龍恩に何度も征服された体は、彼の体液で汚染された。

——種付け。

浮かんだ言葉のおぞましさに吐き気を覚えた途端、桂希は飛び起きていた。

「……うっ、つ……」

腰に軋《きし》むような痛みを感じて、桂希は思わず前屈みになる。

生々しい鈍痛が、己の身に起こった現実を桂希に突きつけてきた。

「……私は……」

体はすっかり清められて、醜く変形させられた胸にあった乳房の重みもなくなっていた。

だが、体のあちらこちらに、他人に触れられた気配が残っている。

その現実から、逃げることはできなかった。

(……私は、仙薬を飲まされて……)

陵辱された。

いや、征服された。

異形に体を変えられ、そして憎い相手の子種を植え付けられた。

血の裔《すえ》までも、あの男に支配されるのだ。

全身から、血の気が引いて行く。

このまま、すべてに対して心を閉ざすことができたら、目をつぶって、現実から逃げ出すことができたら、どれだけ楽だっただろう。

しかし、逃げることでは何も解決しないのだ。

ぎりっと奥歯を噛みしめながら、桂希は自分の下半身に指を這わせる。

そして、足の間に手を差し入れて、散々陵辱されてしまった秘部をまさぐった。

「……っ」

指先に触れた、粘膜の感触にぞっとする。

桂希の体には、ないはずのものができていた。

花びらのような柔らかな肉に隠されるように、深い割れ目ができている。

そこは男を喜ばせ、そして種付けを受けるための場所だった。

淫唇《いんしん》の存在、桂希は喘ぐように呻いた。

「あ……」

喉が引き攣れる。

執拗《しつよう》に犯された場所が、改めて己の受けた恥辱を思い起こさせる。桂希は胤《たね》を作る場所を失ったかわりに、男の胤を宿す場所を与えられたのだ。

仙術によって、異形に変えられた体。

自分のこれからは、ここを使われるためだけに存在するのだ。そう、生々しくも思い知らされる。

「……あ……、ああ……」

言葉にならない、嗚咽《おえつ》が溢れた。

仙術はまた、容赦なく桂希の体を変えたのだ。

「ああ……っ」

桂希は両手で顔を覆い、低い声で呻いた。

言葉は出てこない。

桂希は、罪の子だ。

母妃の不義密通により生まれ、本来ならば命を絶たれなければいけない身の上だった。だが、皇族お抱えの導師の仙術により、暁の国においてある役割を授けられたおかげで、この年まで生きられた。

そして今、新たな役目をこの黒炎の国において与えられ、今後はその通りに生きなくてはいけないのか。

龍恩の子を孕む、という役目――。

「や……、いや、いやだぁ……っ！」

桂希は、思わず悲鳴を上げていた。

桂希自身、望まれずして生まれてきた身の上だ。

幼い桂希が愛情のこもった腕に抱きあげることは、一度たりともなかった。

愛されていなかった。

桂希もまた同じように、望みもしない子を生まされることになるのだろうか。

「やだ、やだ、やだ……生みたくない、生みたくない……！」

悲鳴を上げながら、桂希は己に注がれた子種を掻き出そうとする。

しかし、注がれたものはすべて体奥に桂希自身が呑み込んでしまった後なのだろう。

陰部は綺麗に清められており、指を差し入れたところで、白い子種が流れ出してくることはなかった。

「ひ……っ」

注がれたものは、すべて桂希の胎《はら》が呑み込んでしまったのかもしれない。そう考えると、今にも気が触れそうだった。

この腹の中に、龍恩の子種が巣くっている。

根付こうとしている。

とても、正気のままでは耐えられそうになかった。

「何をしている、桂希」

「……っ」

出し抜けに声をかけられて、桂希ははっとした。

顔を上げると、龍恩と目が合う。

彼は僅《わず》かに目を見開き、驚きを隠せない表情をしていた。

「……ああ、『そこ』が気になるのか」

ゆっくりと、龍恩は桂希へと近づいてくる。

「そのうち、体に馴染《なじ》むだろう」

「近寄るな！」

金切り声みたいな悲鳴を上げてしまい、桂希は己を恥じた。

あまりにも、感情的になりすぎている。

暁の国の皇族として、毅然《きぜん》としていたい。

誇り高くありたい。

それなのに、こんな金切り声を上げてしまうとは……。

青ざめた桂希は、俯き、口唇を噛みしめた。

「おまえが、そんなふうに感情を露わにするとは思わなかった」

罵られた龍恩は、どこか嬉しそうだった。

「……何が言いたい」

「おまえの激情から、おまえの生を感じる。好きなだけ、俺を憎めばいい」

龍恩は、真っ直ぐな眼差しで桂希を見つめた。

どう考えてもまともとは思えない男なのに、澄んだ瞳だ。

純化した感情を映すがごとく。

背筋が、ぞくっと震える。

桂希からすると、龍恩がおかしくなったとしか思えない。

しかし、彼がなんらかの強固な想いに基づいて行動しているようにも見えるのだ。

あたかも、殉教者《じゅんきょうしゃ》のごとく。

「おまえは、俺の手のうちで生きるしかない身だ。それを、忘れるな」

幼子に噛んで含めて教えるような口調で、龍恩は言う。

「不本意な立場だろう。だから、存分に俺を憎め」

桂希の神経を、逆撫でするかのごとく、龍恩は繰り返し憎悪を煽る。

「……私を殺せ」

「断る」

「生きて恥辱を味わうなら、死んだほうがましだ」

「これからも、繰り返し味わわせてやろう。いずれ、俺の子を生《な》すまで。そして、俺の子を産んだあとも」

近づいてくる龍恩から逃れようと、桂希は身じろぎする。

しかし、枷をつけられた身では、寝台の上で体を小さくすることくらいしかできなかった。

「自害することは許さない」

「……貴様の思い通りになると思うな」

「おまえこそ、死んだくらいで、俺から離れられると思うなよ。反魂《はんごん》の術でもなんでも駆使して、おまえを黄泉《よみ》から連れ戻す。魂がどうしても戻ってこなかったとしても、一族の祭祀も放り出し、その体を犯し続けてやる」

「どうかしている……」

思わず、桂希は呟いていた。

「おまえが生きると約束するなら、丁重に一族を祭り続けよう」

龍恩の言うことは何から何まで、とても正気の人間が言うこととは思えなかった。

死してもなお、桂希を辱めたいというのか。

龍恩の狂気は、桂希から死という安らぎさえ奪おうというのだ。

（この男は一体いつから、私に対して狂った想いを抱くようになったのだろうか……）

桂希にとってはもっとも親しい他人と言える立場だった男だが、わかっていたつもりで、桂希はなにも彼のことをわかっていなかったのかもしれない。

そう結論づけるしかない。

それほど、今の龍恩は、桂希の知る彼とは別人だった。

「なぜ、そこまで……」

「何度も言わせるな。おまえはただ、俺を憎めばいい」

龍恩は真顔だった。

「おまえの生の息吹を感じたい。おまえの激情を貪りたい。……それが、どんな種類のものだとしても」

彼は寝台の傍らに跪くと、鎖を引っ張るようにして、桂希の足の指に口唇を寄せた。

「やめろ！」

桂希が嫌がるのに、龍恩はお構いなしだった。その執着心を露わにし、執拗に足の指をねぶりはじめる。

「俺を憎んで、おまえはそれを生きるよすがにするがいい」

「……っ」

足の指の間の薄い皮膚を舐められ、桂希は息を呑む。

触れられている部分から、じわじわと熱が生じてきた。

その感覚は、桂希を怯えさせ、そして己を憎ませた。

触れられることなど、いやでいやでたまらないはずの相手に触れられ、快楽を感じてしまっている……。

「おまえは、俺のものになった。俺の褥《しとね》に侍《はべ》り、俺の子を孕むために」

「勝手なことを言うな！」

「理不尽だろう。俺が、憎くて憎くてたまらないだろう？」

桂希の足の指を舐めながら、龍恩は嘯く。

「それならば、生きろ。憎い俺を殺すために」

「……何を考えている？」

殺すために生きろという男を、桂希はまじまじと見つめた。

わけがわからない。

龍恩はなぜ、桂希に殺されたがっているのだろう。

「今はおまえのことだな」

「……っ」

足についている枷の鎖を強く引っ張られ、桂希は小さく呻く。

龍恩は寝台に乗り上げると、左右に桂希の足を大きく開いた。

「やめろ……！」

「なぜだ？　俺には、おまえをこうする権利がある」

龍恩は、口の端を上げた。

人間性を喪失した、まるで仮面を貼り付けたような笑顔だ。

「おまえは、俺のものになった。それを思い出させてやろう」

「離せ……！」

寝台に押さえつけられた桂希は、龍恩を真っ直ぐに睨みつけた。

「どれだけ辱められようと、私は貴様のものになんてならない！」

「強がりだな」

龍恩は、桂希の顎を掴みあげる。

そして、じっと視線を合わせてきた。

龍恩は端整で、男の美しさに恵まれた容姿をしている。

秀《ひい》でた額《ひたい》、眉間の狭間《はざま》にある黒子《ほくろ》も、彼の男の色香を漂わせている。

（……黒子、か。こんなものがあったのか）

いくら学友とはいえ、ここまで間近で顔を見合わせたことはない。

まるで武者人形のように美々《びび》しい龍恩に、外見の美醜に頓着《とんちゃく》しない桂希すら、目を奪われてしまった。

「その調子で、俺を拒んでいればいい。だが、俺に囚われていることは忘れるな。俺を殺さない限り、逃れるすべはないということを」

「……っ」

「これからおまえは、俺への殺意を糧《かて》に生きろ。……生きてくれ」

まるで子供に言い聞かせるような甘ったるい口調で、龍恩は囁く。

「たとえ、俺の子を孕み、体内から俺に犯されていこうともな」

「ふざけるな！」

「俺は本気だ」

「……う…っ」

接吻を強要されて、桂希は顔を背けようとする。

しかし、顎は強く掴まれていて、避《よ》けることはできない。

抵抗の罰のように口唇を甘噛みされて、舌をそのままねじこまれてしまう。

「……っ、く……」

大きく足を開けられると、雄の肉欲を受け入れるための雌の器は簡単に露わになってしまう。

無抵抗の場所に、龍恩は猛々しい雄の欲望をぶつけてきた。

「いやだ、やだ……！」

「嫌だと言いつつ、おまえの体は俺を受け入れはじめている」

「ひ……っ」

粘膜にぴったりと押し当てられた性器の先端は熱く、そして弾力があった。その大きさに、思わず桂希は息を呑む。

「雌の歓びと、自覚を教え込んでやろう」

「あ……っ、ああ……っ！」

殺したいほど憎めばいいと言うくせに、征服欲を滲ませながら、龍恩は再び桂希を犯していく。

度重なる陵辱で敏感になっている雌肉は、雄蘂に擦りあげられると、もどかしいほど疼くような熱が生じる。

その疼きは、雄への媚びにつながっていた。

うねるように雄蘂に絡みつく桂希の中の雌は、あたかも龍恩の子種を欲しがっているかのようだった。

桂希の肉に包まれて、龍恩の性器が大きく膨らむ。

むっちりとした質感のあるそれは、桂希の隘路を埋めていった。

「……おまえの中は、熱いな」

龍恩は、小さく息を零す。

「そんなに締め付けられると、今すぐ達してしまいそうだ」

どくりと、大きく龍恩の雄蘂が脈打った。

「や……、いやだあ……っ！」

雌であることを、思い知らされる。

子種を植え付けられる恐怖が、桂希に悲鳴を上げさせる。

「……らな、いらない、子種はいらない……！」

桂希は本気で怖れていた。

龍恩の子を懐妊させられることだけは、どうしても避けたい。

頭がおかしくなりそうだ。

「おまえは、俺を拒めない。俺の子を孕むために生かされているのだから」

桂希の腰を掴む龍恩の手に、力が籠もる。

彼は大きく腰を動かすと、桂希を突き上げはじめた。

強引に銜《くわ》え込まされた雄蘂が、再び桂希を苛みはじめる。

淫らな肉壁は蠢き、自ら濡れはじめた。

龍恩の種を絞りとるように、その肉杭《にくくい》に絡みつくそこは、桂希自身の意思を裏切っている。

いやだ、いやだと悲鳴を上げているというのに、龍恩の雄蘂の与える快楽に溺れきってしまっているかのようだった。

なんて情けない。

浅ましい。

欲望に堕ち、淫楽に耽《ふけ》る己の体をも、桂希は憎む。

「……ひあ……っ、あ、ああ……！」

龍恩は、激しく桂希を突き上げてくる。

彼は、歓喜していた。

「おまえは、俺のものだ。俺の……雌だ」

睦言《むつごと》というには、あまりにも支配欲が滲んだ、おぞましい言葉を龍恩は吐く。よもや彼がそんなことを言うとは……と、桂希は衝撃を受けるしかない。

そして、衝撃を受けながら、なおも龍恩に犯される。

「……や、やめ……ろ……っ」

性器を奥までねじ込まれながらも、桂希は龍恩を拒絶した。

あまりにも簡単に彼を受け入れてしまった体へと、絶望を感じながら。

(どうして……、いやなのに……)

これが、雌にされるということなのだろうか。

男の性器に犯され、いやだと思っていても快感には抗えない。

「本当に孕めば、やがてここからも本物の乳が溢れるようになるだろうな」

「あう……っ！」

乳首の先端に噛みつかれ、桂希は思わず声を漏らす。

蔓による陵辱を受けたそこは、ぽってりと腫れるように膨れ上がっていた。

そのせいか敏感になっており、龍恩に歯を立てられると、甘く熱い快感が桂希の全身を駆け巡った。

「……あ、いや、吸う、なあ……！」

乳首を辱められることの強烈な快感を、体が思いだしてしまう。

全身がぞくぞくするのは恐怖だけではなく、あの呪わしい快楽を思いだしているからだということに気がついて、桂希は悲鳴を上げた。

「こんなに膨らませていては、吸ってほしいと言っているようなものだぞ」

男らしい肉厚の口唇が、桂希の乳首を美味《うま》そうに吸い上げる。ちゅくちゅくと口唇を動かされるたびに、桂希は「あっ、あっ」、と短い声を上げた。

「や、あ……っ！」

全身を弓なりにしならせる桂希を、龍恩はきつく抱き寄せた。

「……はな、離せ……！」

龍恩の腕の中で、なおも桂希はもがく。

これほど辱められ、貶《おとし》められても、なお桂希は龍恩を拒みつづけていた。

「離れられるわけがないだろう。こんなに、強く結びつきあっているというのに」

「ひ……っ！」

桂希の体内を貫く雄蘂を誇示するように、龍恩は腰を動かした。

突き上げられると、先端が当たる感覚がある。

桂希の奥に、何かがある。

そこは子を宿すための場所だと思うと、悲鳴に近い声が漏れた。

その場所を、直接狙われている。

猛りきった雄蘂で、入り口をこねくりまわされて、溢れる獣欲を押し付けられている。

このまま、直接子種を飲まされそうになっている。

「ひぐっ、あ……っ、ああ、やめ……！」

龍恩に突き上げられながら、桂希は嬌声を上げる。

桂希の肉の媚びを受け止めるそれは、大きく育ってしまっており、子種を蓄える袋もぱんぱんに張り詰めている。

龍恩は恥じる様子もなく、桂希の体にその感触を押し付けてくるのだ。

これが、桂希を征服し、胎内から苛むのだと。

「……っ、ひっ、いやぁ、いやだ、ぁ……！」

雄蘂を呑み込んだ穴は、しとどに濡れた。

雄を、さらに奥へと導くために。

種付けをされるために。

こんなにも嫌なのに、心は龍恩を拒んでいるというのに、体は彼を受け入れる。

彼のために雌へと変えられた肉体が、あたかもその主人に忠誠を誓うがごとくに。

尻にぶつかる感触に、桂希は怖気を払った。

それほど奥深く、雄蘂の付け根までをも、桂希は龍恩を呑み込まされているのだ。

この膨らんだ袋の中身が、すべて桂希に注ぎこまれてしまうのだ。

「おまえの中に、俺はいる」

「……離せ、離せ……っ！」

龍恩は、一際大きく腰を打ち付けてくる。

仙術による陵辱よりも、正気のまま犯されているのは辛かった。

己の体が快楽に落ちていくことをじわじわと実感させられるのだから、尚更だ。

「ああ……っ！」

がくんがくんと腰を打ち付けられるたびに、誇りが粉々にされていく。

拒むように身を捩っても、雄の快楽の玩具にされた体は桂希の思い通りにはなってくれなかった。

「いやだ、孕みたくない、いや――っ！」

体奥に子種を叩きつけられながら、桂希は悲鳴を上げる。

どれだけ拒もうとも、体内に熱い飛沫《ひまつ》を出されてしまったら終わりだ。

子種を塗りつけるように、龍恩は激しく腰を動かす。

桂希は翻弄されるまま、声を上げた。

「あ……っ、ああ……」

このまま、生きながらえ、辱められ、いずれ龍恩に孕まされてしまうのだろうか。

考えるだけで、おかしくなりそうになる。

しかし、そのようにものを考えられるのもつかの間のこと。

龍恩の与える快楽に翻弄され、桂希は溺れていった。

（……私は、龍恩に征服されてしまったのだろうか）

悪夢のような陵辱ののち、ようやく解放された桂希は、暗い天井を睨みつけていた。

もう、涙も涸《か》れてしまっている。

全身には、龍恩の刻みつけた爪痕が残されていた。

それを何より感じるのは、いまだ違和感のある下半身だ。

ようやく龍恩が身を離したというのに、まだ彼の肉欲に貫かれているような気がした。

長時間に亘る陵辱によって、そこは淫らな液体まみれになり、閉じきれない場所からは、不快なほどねっとりとした粘液がこぼれていた。

柔らかな肉唇は、いまだひくついている。

「桂希」

名前を呼ばれ、そっと顎に手をかけられて、桂希は肩を震わせた。

獣のように欲望に身を任せていた龍恩の眼差しには、いまだ欲望が滾っていた。

まだこれ以上、龍恩は桂希を辱めるというのか。

「触るな……！」

渾身の力をこめて、桂希は龍恩の手を振り払った。

「今の立場を思い知らせてやったというのに、まだ心は折れていないか」

残念そうでもなく、龍恩は呟いた。

「貴様に屈してたまるか」

「体が征服されたとしても、おまえの心は俺のものにならないというのは、口だけではないということか。……おまえは、それでいい」

自嘲するかのように、龍恩は呟く。

息を、己自身を吐き捨てるかのごとく。

一方で、彼は満足そうでもあった。

あくまで桂希が彼を拒みつづけることが、まるで望みであるかのようだった。

「……」

「……だが、体には俺が植え付けられているだろう？」

顎を摘《つ》まみあげられて、桂希ははっとした。

触れられたところから発火するように、熱くなる。

体の反応は、おぞましいほど淫欲に貪婪《どんらん》だった。

決して、龍恩に屈したわけではない。

抗いながら、堕とされながらも、誰が龍恩に阿《おもね》ったりするものか。

しかし、体は震えてしまう。

たとえ、心でどれだけ拒んだところで、注ぎこまれた種をすべて洗い落とすことはできない。

繰り返された恥辱の結果、すでに桂希は孕んでしまった可能性もある。

「……っ」

思わず下腹をまさぐりながら、桂希は口唇を噛むしかなかった。

今、桂希に触れている男は、征服者だ。

桂希の心を踏みにじり、組み敷いた男。

その手の感触に、桂希は怯えていた。

こんな男の存在を意識して、怯えるなんて、絶対に嫌だったのに。

ぎりぎりと、桂希は奥歯を噛みしめる。

睨みあうと、龍恩は桂希の憎しみを受け止めるように見返してきた。

彼の凛とした美貌は、どれほど下劣な征服者になろうとも変わることはない。

「……おまえの中に、存分に俺は……、俺への憎しみは植え付けられたようだな」

美丈夫は、静かに言う。

「おまえが望むなら、これ以上は触れないでおいてやろうか」

「え……っ」

思いがけない言葉に、桂希は耳を疑った。

龍恩は桂希を孕ませ、暁の国の皇族の祭祀を引き継ぐ家系の祖となって、生き残る算段ではないのだろうか。

思えば、どうして桂希の生存を望んでいるのかも、今の今まで明かしていないが……。

「おまえが俺のもとで、生きて俺を憎み続けると誓うのであれば、これ以上おまえに触れない」

「……何を言っているんだ。貴様は」

疑わしい気持ちで、桂希は龍恩を見つめる。

この男がなにを考えているのか、桂希にはますます理解できなくなってきた。

生き残るために、獣欲故に、桂希を辱めるつもりではなかったのだろうか。

子ができなければ、目的のひとつは果たせなくなるはずだ。

「目的は果たした」

「……たいした自信だな。確実に、私を孕ませたとでも？」

口にするのもおぞましい言葉に表情を歪めながら、桂希は龍恩を皮肉った。

桂希の体内から征服していく、あの下劣な行為……。

あれを繰り返したことで、ひとまず龍恩は満足したということなのだろうか。

桂希は、龍恩を見つめる。

彼の心を、見透かすように。

「おまえに、俺への憎悪を孕ませたことは間違いないだろう」

その龍恩の言葉は、思いがけないものだった。

思わず、虚を突かれたような表情になる。

(おまえは、そんなに私に憎まれたかったのか?)

龍恩の感情は、理解しがたい。

桂希は初めて出会った相手でも見つめるかのように、まじまじと龍恩を見つめた。

彼は、桂希に何を望んでいるのだろう。

「おまえは俺のもとで、暁の皇族の祭祀を司ればいい。俺の妻として、滅んだ一族を弔うんだ」

「……」

妻という言葉のおぞましさに、表情が歪む。

だが、一族の冥福《めいふく》を祈ることを許されたというのは、桂希にとっては望むところでもあった。

そんな桂希の心情は、龍恩も理解しているようだ。

「おまえも、生きている以上、一族を弔いたいだろう? ひとつくらい、望むところを叶えればいい」

龍恩は、確信を持って問いかけてくる。

「私の望むところ、か」

思わず、桂希は龍恩に問うていた。

「では、おまえが望むのはなんだ」

確かに、桂希は一族の弔いを望んでいる。

だが、龍恩はどうなのだろうか。

彼が望むのは生き延びることか。

それとも……。

「何度も言わせるな」

龍恩は、静かに言う。

「俺がおまえに望むのは、憎しみをぶつけてくることだけだ」

「私に、なぜそこまで憎まれたいんだ。他に望みはないのか?」

呆れたように、桂希は呟く。

憎まれたいなどという望みを持つとは、龍恩は随分歪んだ男だったようだ。

誰もが仰ぎ見る強者《つわもの》だった彼とはかりそめの姿で、歪んだ欲望をいつから抱えていたのだろう。

「そのとおり」

深く、龍恩は頷《うなず》く。

桂希が侮蔑と呆れの視線を隠さなくても、龍恩は気にした様子がない。

彼は虚勢でもなんでもなく、心の底から満ち足りているようにも見えた。

「それが、俺の唯一だ」

「おまえの望みは、私には理解不能だ」

桂希は、小さくかぶりを振る。

驚愕のあまり、怒りすらも吹き飛んでいた。

湧き上がってくるのは疑念だ。

(この男は、おかしい)

桂希は眉根を寄せる。

(しかし、いつからおかしくなっていたのだろう)

自分の知っている龍恩と、目の前の龍恩が上手く結びつかない。

そのせいか、桂希は膨れあがる疑問を抑えることができなかった。

他の感情を押しのけるほど、それで頭がいっぱいになっている。

そして、そんな桂希に対して、龍恩はさらに煙《けむ》にまくような態度に出た。

「理解する必要はない。ただ、おまえは俺を憎め。……感情を、俺にぶつけろ」

龍恩はそっと、桂希の髪に触れる。

「そして、憎しみを糧に生きろ」

その指先があまりにも弱々しく、まるで壊れ物にでも触れるかのように慎重だったことに、桂希ははっとした。

大事にされていると、感じてしまった。

(私に憎まれることが快感……というわけではないだろうに)

龍恩の指先から逃れるように顔を背けながら、桂希は考える。

憎まれることで桂希の生を感じるとも、龍恩は言う。

そうであるならば、彼が望むことは……。

(生きろということが、言いたいのか?)

たとえ、憎しみを燃料にしてでも。

一族を失い、虜囚になった桂希に、生きろと。

(この男は、私以上に私の命に執着しているのか……)

複雑な思いが溢れ出ないように、桂希は奥歯を噛みしめた。

憎め憎めというのは、裏返せば桂希を生かしたい一心だとすると……。

(そんなことを私に望むのは、おまえだけだ)

桂希は動揺のあまり、何度も息を呑んだ。

桂希は、命でもって暁の国に奉仕していた。

……そう、そのために生かされていた。

だから、今まで桂希は、自分の命を誰かに惜しまれるという経験が一度もなかったのだ。

それを、龍恩は惜しむというのか。

わけがわからない。

暁の国が滅び、桂希はすべてを失った。

いまや、龍恩の虜囚だ。

だが、少なくとも龍恩にとっては、桂希は価値あるものをひとつ持っているということが、よくわかった。

つまりは、この命だ。

(この男が、私の命そのものに執着しているというのなら)

どす黒い感情が、胸の奥に渦巻く。

(……その執着を使って、黄武帝に復讐《ふくしゅう》することはできないだろうか?)

黄武帝だけではない。

ひいては、龍恩への復讐にもなるはずだ。

桂希の心が、黒々とした感情に塗りつぶされていく。

虜囚になるまで、知らなかった感情だ。

自分の中にも、こんな気持ちがあるとは、桂希は知らなかった。

仇に対して、復讐をする。

この体を使って。

そのためには、見極めなければならない。

龍恩の本気を。

憎しみ。

そして、復讐心。

なるほど、命を燃やしつづける糧にはふさわしい。

清廉潔白《せいれんけっぱく》と謳われ、永遠の清童であることを運命づけられていた桂希は、身を汚されてしまった。

そして今、憎しみという強い感情が白紙のはずの心を色づけた。

魂から、桂希は堕ちたのだ。


――食事を拒んだのは、それが一番、簡単に自分の命を危険にさらせる方向だったからだ。

そもそも、龍恩に囲われ、自由を奪われた状態で、積極的に食事をしたい気持ちになるわけもない。

食を断つことに、躊躇《ためら》いはなかった。

桂希の閉じ込められた寝台だけがある広い部屋は、壁で囲まれた坪庭につながっている。そこの緑を眺めて、日がな一日時間を浪費するのは、あまりにもたやすい反抗方法だった。

「用意した食事が、気に入らないか」

暁の国を犠牲にして龍恩が得た地位が、黒炎の中にあってどの程度のものかはわからない。

だが、一日中桂希の傍についていることが許される身でもないようで、桂希の身の周りの世話を任せている侍女から報告を受けたらしい龍恩は、心配顔で言葉をかけてきた。

「……」

桂希は龍恩の言葉をわざと無視した。

彼に与えられた暴力の記憶は生々しく、逆らうのはやはり勇気が必要だった。

だが桂希は、龍恩の執着心にかけていた。

桂希が生きて、龍恩を憎みつづけるのであれば、もう性交を強いたりしない。そう言い出したのは、龍恩だ。

「……俺を憎んで生きろと、言ったはずだが」

「食事をしようが、しまいが、私の勝手だ」

かすかな恐怖心を抑えこむように、桂希は言う。

激高した龍恩に、組み敷かれるかもしれない。

そう思いはしたものの、桂希は引かなかった。

この身を投げ出す覚悟があれば、なんでもできる。

(私を犯したいなら、犯せばいい)

桂希は奥歯を噛みしめた。

(既に汚された身だ。惜しむまい)

憎しみをこめ、桂希は龍恩を一瞥する。

「また私を辱めるのか」

「……」

「食を断つ意思は、そんなことでは変わらない」

桂希は低い声で付け加えた。

「貴様が私に土下座するのであれば、話は別だが」

今の桂希にできる方法で、龍恩に屈辱を与えてやる。

そして、彼がどこまで耐えるのか見てやる。

……つまり、桂希を生かそうという意思がどれほど強いのか、探りあてててやるのだ。

(もしも、龍恩の気持ちが本物だというのであれば、私も希望を見いだせる。今の屈辱を、復讐に利用できるのだと……)

桂希は黙りこみ、龍恩の反応を待とうとした。

だが、彼は待つまでもなかった。

「そんなことでいいのか」

龍恩は躊躇《ためら》いなく、その場で土下座をしてみせる。

「どうか、食事をしてくれ」

頭を深々と下げた彼を、桂希は無表情に見つめる。

誇りを投げ捨てても、龍恩は桂希に生きてほしいということらしい。

（ああ、本気でこの男は、私の生に執着をしている）

ならば、生きてやってもいい。

黄武帝を殺すために。

そして、龍恩を滅するために。

「……いいだろう」

桂希は、重々しく頷いてやる。

龍恩は、小さく息をついた。

この瞬間、桂希と龍恩の新しい関係が生まれたのだ。


桂希はひとつずつ、欲しくもないものをねだるようになった。

貴品、珍宝のたぐいをもって欲し、与えられてはすぐに打ち捨てるような真似をしても、龍恩が咎《とが》めることはなかった。

むしろ龍恩は、桂希がなにかを欲することを、喜んでいる素振りもあった。

「おまえも、案外俗な真似をしたがるんだな」

子供をあやすような口ぶりで言われると、さすがに神経を逆撫でされたが、桂希は手応えを感じていた。

この調子ならば、龍恩は桂希がねだることであれば、なんでも叶えようとするかもしれない。

「しかし、おまえがそうやって、欲を抱くというのは喜ばしい」

龍恩は、本当に嬉しげだった。

(馬鹿な男だ)

心は冷えて、龍恩を蔑むような気持ちは強い。

……そのはずだが、桂希などのことで喜ぶ彼の表情を見ていると、なんとも言えない気持ちになる。

今まで、誰ひとり、桂希がなにかすることで、我がことのように喜んでくれる存在など、いなかったからだ。

それがどれだけ歪んだ、狂った執着であろうとも、龍恩ただひとりだけが桂希を見つめているのは確かで、それが桂希を動揺させる。

龍恩の執着の理由は、一体なんなのだろうか。

目の前に人の形をした謎がある。

その謎を、見ないでいることは難しかった。

そもそも、どうして龍恩は暁の国を滅ぼしたのだろうか。

彼には、故郷を滅ぼす理由などなかったはずだ。

龍恩の行動は、理解に苦しむ。

黄武帝に心酔したゆえかと思えば、そういうわけでもなさそうだった。

黄武帝は龍恩の武勇と勝機を欲し、期待に応えた龍恩に褒美をとらせた。ただ、それだけの関係に見える。

(……私は、おまえのことなんて、何も知らないんだな)

龍恩を理解したいわけじゃない。

たとえ理解したところで、許せるはずもない。

それでも、龍恩の不可解な執着心に触れれば、疑問を抱かずにいられない。

(私が、どういう存在なのか、龍恩もよく知っているだろうに)

桂希の命は、桂希自身のものではなかった。

だから、尊ばれるものではない。

暁の国が滅んだ今、むしろ不要な存在なのだが……。

（しかし、おかげで利用できる）

今の龍恩は、西の山の頂《いただき》に咲く、花を摘みにいっているはずだ。

希少な花だ。

だが、彼が持って帰ってきたら、その場で踏みにじってやる。

これまでの繰り返しで、龍恩自身もそれはわかっているはずだ。

桂希は、本当になにかを望んでいるわけではないのだと。

それでも龍恩は、桂希に従う。

桂希を生かしたいという、その願いゆえに。

花が欲しい、部下になど取りに行かせず、龍恩みずから行ってほしいとねだれば、彼は黙って頷いた。

その眼差しに、まるで幼子のような純粋さを感じたことからは、桂希はそっと目を背ける。

さもないと、龍恩に対して、感じる必要もない罪悪感を抱いてしまいそうだった。


（……今日戻ると聞いていたが、その様子はないな）

坪庭から見上げる空が茜色《あかねいろ》に染まりはじめたことに気がついて、桂希は眉を寄せた。

龍恩が帰ってくるのを、待っているわけじゃない。

だが、彼が有言実行の男で、その日までに桂希の望んだ品を揃《そろ》えると言って帰ってこなかったことはなかったから、さすがに気にかかってしまった。

(花を、見つけられないのだろうか)

どうせ踏みつけられる花を探し、山野を駆けずり回る羽目になるとは、ご苦労なことだ。

せせら笑うように、桂希は考えた。

……しかし、それと同時に。

ほんの少しだけ。

本当に、心の片隅のそのまた片隅にだけ、なんとも言いがたい感情が芽生えはじめていた。

その気持ちは、とっぷりと夜が更《ふ》ける頃には苛立《いらだ》ちじみたものに変わっていた。

なぜ、龍恩は顔を見せないのか。

苛立ちを通りこし、とうとう桂希自身にも認めがたいような不安の感情が芽生えはじめた矢先に、侍女が声をかけてくる。

「失礼します、桂希様」

つとめて冷静そうに、しかしその声は震えていた。

「龍恩様が、事故に遭われました」

「……!」

その瞬間、桂希は自分自身が何を口走ったのか覚えていない。

いや、忘れようとした。

龍恩は無事なのか、と言ってしまったなどと。


「なんという人騒がせな男だ」

怒りを隠さず、桂希は吐き捨てる。

怒りは龍恩にも、そして桂希自身にも向けられている。

龍恩の身を案じるなど、魔が差したとしか思えない、桂希に……！

「崖から滑り落ちただと？」

「雨で、土がぬかるんでいてな」

手当の包帯を右肩に巻かれた龍恩は、小さく眉を上げた。

「失態だった」

「ああ、まったくだ。失態だ！」

桂希は舌打ちをする。

「今日の夕刻には戻ると言ってでかけた癖に、もう夜半じゃないか」

「……なんだ、心配だったのか」

「違う！」

龍恩の言葉を、桂希は声を張り上げて否定した。

龍恩がからかう素振りを見せたならば、まだこんな反応をしなかっただろう。

しかし、龍恩は生真面目な表情で、そしてほんの少しの喜びを滲ませており……。その態度が、桂希を狼狽《ろうばい》させた。

照れくさくなってしまったのだ。

「どうして、私が貴様を心配しなくてはならないんだ！」

「心配する必要がないのに、心配したのだと思ってな」

「うぬぼれるな。貴様が死ねば、せいせいする」

顔を背けた桂希の目の前に、龍恩は一本の花を差し出した。

白い花弁は薄くて、少しのことで傷ついてしまいそうな花なのに、それは瑞々《みずみず》しく、美しく、何も損なわれるところがなかった。

「これは……」

「おまえの望みのものだ」

崖から落ち、腕の関節が外れたというのに、どうやって龍恩はその花を摘んできたんだろうか。

傷みもなにもない、美しいままに。

桂希は、思わず目を瞠った。

龍恩のやることなすこと、理解できない。

もしかしたら、この花を守ろうとして、怪我《けが》をしたのだろうか。

どうせ、桂希が踏みつぶすとわかっているはずの花を。

「……貴様は馬鹿か。他に、言うことはないのか」

花を受け取ったら握りしめ、床に放り投げて踏みつぶしてやるはずだった。

でも、できない。

受け取った花の清らかさに、へどろのたまった桂希の心が浄化されていってしまう。

(どうして、こんな……。私が、こんな気持ちにならなくてはいけないんだ！)

申し訳ないだとか、無茶なことを言うんじゃなかっただとか、そんな感情を龍恩に持ってやることはない。

むしろ、桂希は龍恩をもっと苦しめても許される立場のはずだった。

それなのに、今の桂希はむしろ、龍恩を真っ直ぐ見られなくなっている。

そして、自分の行いを恥じていた。

龍恩が恨み言のひとつも言ってくれたら、桂希はこんな気持ちにならずにすんだだろう。

しかし龍恩は、黙って桂希に花を捧げるだけだ。

思えば、いつもそうだった。

これまでも、桂希はたびたび龍恩からの捧げ物を無にしてきた。

しかし龍恩は文句を言うことも、それを得るまでにどれだけ苦労をしたのか打ち明けることもなかったのだ。

そして、桂希はどんどん彼に対して残酷になっていった……。

（この男は敵だ。仇だ。私を辱め、踏みにじったのは、この男のほうが先なんだ）

無意識のうちに、自分自身に言い聞かせるよう、桂希は呟いていた。

（だから、私もこの男を踏みにじる。どれだけ手ひどい扱いをしたって、文句を言われる筋合いもない）

言い聞かせるように、まるで弁解するかのように、心の中の声は弱々しく、みっともない。

誰も聞いていないはずの心の声だが、ただ一人の聞き手である桂希の心を激しく打ち据えるのだ。

（……だが、敵だからと言って粗略に相手を扱うことは、誰よりも将として私が嫌ったことではないのか？）

桂希ははっとした。

暁の国の皇族として、桂希は常に気高い将であろうとしていた。

しかし、龍恩に囚われ、辱めを受けたことで、気高くあろうという志を忘れてしまったのかもしれない。

辱められた怒りを、忘れたわけではない。

しかし、今の自分の姿も、客観的に見ればあまりにも醜悪だ。

（……くっ）

桂希は、奥歯を噛みしめる。

龍恩が自分にした仕打ちは仕打ちとして、自分が彼にしたことも、本来ならば詫《わ》びるべきなのだろう。

口唇が震えた。

すまなかったという短い言葉が、どうしても出てくれない。

舌の動きは鈍く、声のかわりに溜息が溢れた。

かわりに、桂希はそっと美しい花を両手で抱きしめる。

そして、僅かに龍恩に頭を下げた。

「……ありがとう」

絆《ほだ》されたわけじゃない。

だが、自分に何をした相手だろうとも、礼節を捨てては、自らをも貶めることになる。

だから、暁の国の最後の皇子として品位を保つために、桂希は花を受け取り、礼を言うべきなのだ。

「桂希……」
龍恩は息を呑む。
彼はそれっきり、黙りこんでしまった。
いたたまれなさに、桂希も黙り、俯く。
それでも、龍恩の反応が気になって、ちらちら視線を向けてしまった。
そして桂希は、我が目を疑ったのだ。
黙りこんだ龍恩の耳たぶが、ほんのりと赤い。
あたかも、初恋を知った少年のごとく。

龍恩が桂希の生に執着しているなら、その執着を利用してやる。

踏みにじられたのだから、踏みにじりかえしてやる。

……それが、ささやかな復讐。

そのつもりだった桂希だが、完全に己の心が黒く冷ややかなものに固まってしまう前に、なにか憎しみによって失いかけていたものを取り戻したのかもしれない。

暁の国が滅んだことも、男であり女である異形の体に変えられたことも悪い夢だったかのように、龍恩の傍での日々が静かに過ぎていく。

憎しみを忘れたわけではないが、どす暗い怨念で動くのはやめたのだ。

やがて、龍恩の計らいにより、暁の皇族をはじめ、すべての戦で犠牲になった暁の人々を弔うための法要が開かれることになった。

それは、桂希の願いでもあった。

そして、法要の当日。

（過去は変えられない。憎しみは、簡単に変わるものではない。それでも、私は今も、生きている。生きている以上、暁の国の皇族として、誇り高く振る舞わねば……）

悲しみを表す黒い衣服に身を包んだ桂希は、龍恩の傍らで頭を垂れていた。

（たとえ、虜囚の身とはいえ）

ちらりと、桂希は龍恩を見遣る。

立場としては龍恩の妾《めかけ》とはいえ、今の桂希は龍恩の庇護下《ひごか》にいる限り、決して辱められるような存在でもなかった。

龍恩は相変わらず、まめまめしく桂希に仕えるがごとく。そして、桂希はそんな彼に、気まぐれに笑いかけることもあった。

決して、過去にあったことは変えられない。

許せたわけでも、ない。

龍恩の子を身ごもることを怖れていた桂希だが、今のところはその気配はなかった。

また、龍恩は桂希に指一本触れなくなったこともあり、異形の身を思い知らされる機会もなくなったことが、桂希の気持ちをさらに和《やわ》らげていた。

このまま龍恩に囲われていることになったとしても、暁の国の祭祀を継ぎ、死者の冥福を祈りながら、心静かに暮らしていけるかもしれない。

桂希は、そう考えていた。

龍恩が黒炎の国一と言われる彫刻師に飾り彫りをさせた廟《びょう》は、見事なものだった。

死者を丁重に葬るに、ふさわしい。

さらし者にされていた皇族たちは皆荼毘《だび》に付され、小さなお骨となって、その廟に祭られることになる。

「壮麗な廟だ」

桂希の呟きに、小さく龍恩は頷いてみせた。

「ああ。歴史のある暁の国にふさわしいだろう」

「……」

この廟に眠るのは、桂希の一族だけではない。

もともと王族である龍恩の血縁者も、眠っているはずだ。

死者に対して、龍恩は良心の呵責を抱いているのだろうか。

(供養のしようもないいな)

弔いの儀式の前に供える花を抱えていた桂希の吐息が、花弁を静かに揺らした。

「龍恩。貴様は、この廟に手を合わせるつもりはあるのか」

「……そう聞かれるとは思わなかった」

龍恩は、桂希を一瞥する。

「俺には手を合わせる資格などないと、言われるものとばかり」

「確かに、貴様は許されないことをした。だが、許されなくても詫びるのが、誠意というものではないか」

「そうか。俺はまだ、おまえに誠意のある男だと思ってもらえているのか」

「貴様は、喜ぶところがずれている！」

桂希は、思わず声を上擦らせた。

喜ばれてしまうと、桂希としても複雑だ。

そんなつもりはなかった。

龍恩の心根を認めるつもりなんて……。

「……顔が赤いぞ」

龍恩が柔らかに呟いた、その時だ。


「朱桂希はここか！」

静寂であるべき廟に押し入ってきたのは、兵士たちだった。

黒炎の黒甲冑をまとった、精鋭部隊だ。

「……何事だ」

龍恩は落ち着いた声音で、兵士たちに問う。

彼は咄嗟《とっさ》のように動き、背後に桂希を匿《かくま》った。

しかしそんな龍恩に、兵士たちは槍《やり》と矛を向けてくる。

「皇帝陛下の命令により、朱桂希を献上せよ！」

下された命令は、あまりにも思いがけないものだった。

「……！」

思わず、桂希は龍恩を振り向いていた。

龍恩は僅かに目を細めると、じっと桂希を見つめる。

やがて彼は、静かに口唇を開いた。


その時、桂希は期待してしまったのだ。

愚かとしか言えないのだが。

もしかしたら、龍恩は拒否してくれるのかもしれない、と——。

しかし、現実は無情だった。


「……どうぞ、陛下のお心のままに」

氷のように冷たい龍恩の声音が、廟に静かに響いた。

その瞬間、桂希は小さく震えてしまった。

怒りか。

もしくは悲しみか……。

（龍恩は卑怯な裏切り者だと、わかっていたはずだ。私は、なぜ期待をしてしまったのだろうか）

神聖であるべき法要の席は兵士に蹂躙される。

槍をつきつけられた龍恩と引き離されるように、桂希は捕らえられる。

「放せ……！」

腕を掴まれ、桂希は身じろぎをしたが、容易に解けはしない。

もとは武人とはいえ、異形の体に変えられ、囲われて過ごした身では、前のように力を振るうこともできなくなっているようだった。

足掻く桂希を、龍恩は黙って見つめている。

「……くっ」

桂希は、奥歯を噛みしめた。

死んでいった者たちを弔うことくらいしか、今の桂希に生きる意味は残されていない。

龍恩は桂希に生きよという癖に、生きがいまでも奪うのか。

「龍恩、約束が違う！　せめて、法要は行わせてくれ！」

桂希が声を張り上げた、そのときだ。

「滅んだ国の祭祀より、そなたには大事な役割がある」

「貴様は……！」

兵士たちの間から、見たくもない男が姿を見せる。

桂希を異形の姿に変えた、あの導師だ。

さらには、黄武帝までが悠々とやってくる。

「なんの真似だ」

仇を前にして、桂希は嫌悪を露わにした。

「滅んだ者たちを祭るのは、勝者の義務のはずだろう！」

「龍恩にやらせればよい」

黄武帝は、冷ややかに言う。

「おまえを生かしておいてやったのは、そんなつまらぬことのためではない」

「な……っ」

桂希は、激高する。

いくら敵だったとはいえ、黄武帝には死者を悼《いた》む気持ちもないのだろうか。

「思ったより、時間がかかった。だが、これでようやく、おまえを本当の意味で『役立たせる方法』が見つかったというわけだ」

導師は、意味ありげに龍恩を見遣った。

「ご苦労だったな。おまえが時間稼ぎをし、桂希を生かしておいてくれたおかげで、こやつの体にかかっている仙術に、ようやく調べがついた。暁の国中の仙術使いを縛りあげていたせいで、大変手間ではあったがな」

「どういうことだ」

桂希は、導師と龍恩を見比べる。

「戦場にいるだけで、暁の国に絶対的な勝利をもたらした将、桂希皇子」

にやりと、黄武帝は笑う。

「おまえが禁忌の仙術の申し子だということは、近隣にも噂は届いておる」

「く……っ」

桂希は、ぎりっと口唇を噛む。

黄武帝の言うことは、本当だ。

桂希は母妃の不義により生まれた。

本来ならば殺されるところを……――禁術により、暁の国のために生きることで、命を救われたのだった。

暁の国が戦に負けそうになると、桂希の寿命が削られる。

そう、負け戦に勝つという奇跡のかわりに。

桂希は暁の国の勝利のための、生け贄だった。

その奇跡が大きければ大きいほど、削られる寿命は多くなる。

奇跡を起こすために、桂希は常に戦場にいることが必要だった。

ゆえに、「桂希のいる戦場においては、絶対に暁の国は負けない」。

(だが、暁の国はもうないんだ)

桂希は、黄武帝を睨みつける。

「私の命は、暁の国のものだ。あの国なき今、私には生け贄としての価値もなくなった！」

「それはどうかな」

導師は、にやりと笑う。

「実に興味深く、面白い禁術だ。血を絶やさぬために、一族を生け贄に捧げる……。そう、基本の理論さえ理解できれば、応用は簡単」

導師の目は、狂気を宿し、爛々と輝いていた。

「どういうことだ？」

「血族を絶やさぬための呪法だ。つまり……」

ねっとりと、桂希の肢体《したい》に視線を絡みつけて、導師は嘯いた。

「おまえの新たな血族を作れば、禁術をふたたび利用することが可能になるわけだ。この、黒炎の国のためにな」

「……！」

桂希は大きく目を見開いた。

両脇から羽交い締めにされた桂希の口唇に、導師が指をねじ込んでくる。

ぐっと中に押し込まれたのは、丸薬だった。

そのまま、喉奥に薬を入れられてしまう。

「な……に、を……」

「子宝が授かりやすくなる薬だ」

導師は、下卑《げび》た笑みを浮かべる。

「喜べ。おまえはこれから、黒炎の……陛下の血脈に加えられるわけだ。陛下の子を宿してな」

「なんだと⁉」

桂希は青ざめる。

「子を授けてやろうというのだ、この俺が」

黄武帝は桂希の前に出てくると、強引に顎を掴みあげた。


「者ども、桂希を押さえつけよ」

「はっ」

黄武帝の命令に従って、兵士たちは桂希を床に引き倒す。

「……っ」

「さて、暁の国の者どもに、見せつけてやらねばな。なあ、桂希。おまえから新たな血脈が生まれ、禁術が書き換えられるところを……」

「やめろ……っ！」

桂希はもがくが、大柄な黄武帝にのしかかられると、それだけで身動きを封じられてしまう。

兵士たちには両腕を押さえこまれており、一矢《いっし》報いることも許されない。

「喪服というのは、そそるな。切り裂いて、その白い肌を露わにしてやろうではないか。周りの兵士どもの目も喜ばせてやれ」

「……っ！」

黄武帝の手は、桂希の喪服を引き裂いた。

露わになった白い肌に、舐め回すような視線が落ちる。

「丸薬の効能は絶大だ。すぐに、この黄武帝の子を孕むことができるぞ」

「だ、誰が……！」

桂希は蒼白《そうはく》だった。

仰向けのまま裸にされ、衣服を剥《は》ぎ取られて、足を大きく左右に開かされる。

そして、子種を受け取る蜜壺を衆目にさらされるだけではなく、憎い仇に蹂躙をされてしまうのだ。

死んだほうがましだ。

もはや、桂希には期待も望みもない。

（……潔く散ろう）

約束は守られないのだから、生きている意味はなかった。

舌をかみ切ろうとした、その時だ。

頬に、生暖かい飛沫が飛ぶ。

押さえつけられていた腕が、いきなり軽くなった。

そして、桂希を拘束していた兵士たちが、横倒しにどうと倒れこんだ。

その瞬間、世界は鮮血に染まり、色を変えた。


「……え…」

桂希は、目を大きく見開く。

一体、何が起こっているのか。

頬に飛んだものは……血？

「龍恩、どういうつもりだ！」

黄武帝が、唸《うな》り声を上げる。

それに対するのは、冷え冷えとするほど冷静な声だった。

「俺の望みは、桂希が生きていること。ただ、それだけだ」

龍恩は、桂希を一瞥する。

そして、またすぐに、瀕死《ひんし》の黄武帝を見下ろした。

「……桂希の命を利用して長らえる国ならば、滅んでしまえ」

ぞっとするほど低い声で、龍恩は言う。

「暁だろうと、黒炎だろうとな」

桂希が捕らえられるのを見ているままだったはずの龍恩は、剣を構えていた。

その剣は、血に濡れている。

彼はいつのまにか、周りの兵士たちをすべて、切り捨てていたのだ。

「おのれ……っ。大人しく桂希を渡したのは、俺の隙をつくためか……」

「他に、なんの理由があるんだ？」

純粋さすら感じる澄み切った眼差しで、龍恩は黄武帝を見つめた。

「桂希を生け贄にする者には、死を」

彼は桂希を黄武帝に捧げたわけではなく、冷静に反逆の機会を見計らっていたらしい。

龍恩には、一切の迷いがなかった。

（龍恩……）

桂希は、ごくりと息を吞んだ。

絶望しきっていた心に、希望が芽生えた。

この男は、やはり桂希の命に執着しているのだ。

国のための生け贄になるために生きながらえさせられた、桂希を。

誰もが桂希の命のことなど、考えはしなかった。

桂希自身さえも、自分の命は顧みていなかった。

しかし、龍恩は違ったのだ。

恐ろしいばかりだったその執着が、いまや桂希の心を震わせている。

もしかしたら、桂希も狂ってしまったのかもしれない。

憎んだ男の執着を喜ぶなど、正気の沙汰ではないだろう。

龍恩は、黄武帝の鼻面に剣を向けている。

「ようやく暁の国から解放できたのに、誰が黒炎の生け贄にするものか」

「貴様……！」

吠《ほ》えた黄武帝を、龍恩は一刀のもとに切り捨てた。

呆然としていた桂希だが、視界の片隅で動く影に気がついた途端、咄嗟に体が動いていた。

「龍恩！」

助けるつもりなんてなかった。

この世の何よりも憎んだ男だったのに、桂希の体は自然に、龍恩を守ってしまっていた。

龍恩に襲いかかろうとした導師が術印を結ぶ前に、桂希は黄武帝の剣を引き抜いて、彼へと投げつけていた。

元は武人だ。

躊躇《ちゅうちょ》はない。

隙さえ作れば、あとは龍恩が導師に止《とど》めを刺す。

「おまえが、俺を助けるとはな」

龍恩が吐息をついたその時、閉ざされた廟の中で生きているのは、桂希と龍恩だけになっていた。

桂希は、血まみれになった龍恩を、まじまじと見つめてしまう。

「龍恩、貴様は……」

「おまえが、黒炎の生け贄にされず、よかった」

龍恩は、僅かに表情を緩める。

彼は、もはや黄武帝を一瞥もしなかった。

心の底から、興味がないという顔をしている。

「問題は、ここをどうやって抜け出すかだが……。おまえだけは、何がなんでも生かしてみせる。安心しろ」

「待て、龍恩。どういうつもりなんだ。説明しろ」

「……何度も言ってるとおりだ。俺は、おまえに生きてほしい。一生を、国のための生け贄として終わらせたくなかった」

「だから、暁の国を裏切ったのか？」

震える声で、桂希は問いかける。

桂希は、己が国の生け贄になることを受け入れていた。

受け入れるしかなかったとも、言える。

なにせ、桂希の存在そのものが、罪なのだから。

生かされていることに感謝して、この身を国の勝利のために捧げることに、どうして否と言えようか。

しかし、龍恩はそんな桂希のかわりに、『否』と言ったわけだ。

「ああ。そうしないと、おまえを解放することはできなかった」

龍恩は、静かな表情で桂希を見つめる。

「おまえのためならば、どれほどの犠牲も俺は怖れない」

狂ってる。

龍恩の言葉を、ただ桂希を思う気持ちゆえからだと受け取れるほど、桂希は浮き世離れしていない。

理由も理屈もなく、自分の存在が龍恩を狂わせたことだけは、桂希も自覚していた。

そして、その上で感じてしまったのだ。

龍恩の愛情を。

(この男は本気で、私を生かしたかっただけなのか。私にどれだけ、憎まれようとも。なんの見返りも求めずに……）

　国すら滅ぼすことを、躊躇わぬ思い。

　恐ろしいほどの情愛に、呑み込まれてしまいそうだった。

「国をひとつ滅ぼすことよりも、この廟から無事におまえを逃すことのほうが簡単だろう。俺にすべてを任せろ、桂希」

　龍恩は、ごく冷静だった。

「黄武帝は、廟を兵士で囲ませているだろうが、彼らは命令がない限り動かない。中に入りこんだものはすべて処罰したし、脱出の時間を稼げるはずだ」

　鋭い眼差しで、龍恩は辺りの状況を窺《うかが》っていた。

「黄武帝が、おまえに子を孕ませるつもりでいたならなおのこと、外の者はしばらく出入りしないように命じていただろうからな」

「……そうだな」

　龍恩は言葉どおり、命を捨ててでも桂希だけは生かすだろう。

　だが、今の桂希には、それが耐えがたい。

　この男を、死なせたくない。

　純粋な衝動が、桂希を動かした。

「龍恩、私に考えがある」

引き裂かれた喪の服に手をかけながら、桂希は言う。

「私にかけられた禁術が、血脈を守るためのものだというのであれば……。必ず、ここから逃れられる手段がひとつあるだろう？」

「……桂希？」

「私を孕ませろ、龍恩」

桂希は龍恩の前に立ちはだかる。

「貴様に、私の加護を与えてやる」

「……っ」

「子を孕むための仙術をかけられた今なら、確実に私は孕むだろう。そして、貴様の血と交わる」

龍恩は、息を呑んだ。

「正気か、桂希」

「こんなこと、酔狂では言えない」

「おまえが俺のために、命を削ることなどない」

「誤解するな。貴様のためではない、私のためだ」

「どういう理屈だ」

「私は、貴様を犠牲にして生きたくない」

「俺は、おまえの命を食らうなどごめんだ！」

龍恩は、激しく拒絶する。

「俺が、どれほど暁の国を嫌悪していたかわかるか？　……俺は、俺が憎んでいたものと、同等のところまで堕ちたくはないんだ」

「堕ちろ」

桂希は、龍恩を冷ややかに見据える。

「私のためだ」

「桂希……」

「貴様が負け戦さえしなければ、私の命は削られない。……生涯、命がけで勝ち続ければいいだけだ」

龍恩は、まじまじと桂希を見つめた。

桂希は、そんな彼を見返した。

心は、凪《な》いだように穏やかだ。

憎しみは、今もこの胸にある。

彼を許せたわけではない。

だが、今はそれ以上に、彼をここで死なせたくはなかった。

桂希は生まれてはじめて、自分の意志で生け贄であることを選んだのだ。

やがて彼は、そっと桂希の肌に触れてくる。

「本当に、いいのか？」

「男が何度も同じことを問うな」

「……そうだな」

龍恩は、桂希を抱きすくめた。

墨染めの衣の感触に、ぞくぞくする。

死んでいった者たちの前で、これから桂希は龍恩の子を孕むのだ。

許せぬ仇の子を。

……堕ちたのは、どちらだろうか。

噛みつくような接吻とともに、桂希は血まみれの床へと押し倒された。

第七章

「……う、ん……ぐ……っ」

血で冷え切った床の上で、互いに四肢を絡めながら、深く口づける。

ここは、滅んだ一族を弔うための廟だ。

死者を悼むべき場所だった。

それなのに、仇の返り血にまみれながら、桂希は龍恩との間に新しい命を得ようとしていた。

背徳は、快楽になるのだろうか。

背中が、ぞくぞくしている。

この男が欲しいと、体は自然に開いていく。

「……ん……っ、は…あ……」

舌で口内をねぶりあっていると、体内から濡れていく。

それは、直接的な刺激を受けている口腔だけではなくて、桂希の雌の部分もしとどに濡れそぼっていた。

雄としての桂希も、反応している。

だが、今桂希の身に溢れる欲望は、一刻も早く龍恩の雄の部分とつながりたいという強い衝動に煽られている。

桂希は自ら足を開いて、龍恩を招き入れようとした。

「早く来い、龍恩」

女の部分に手を添え、開く。

「ここ……だ、おまえを、ここに……」

淫唇は、はしたないほど大きく開いていた。

そして、さらされた雌穴の奥からは、ぷくりと外に漏れ出すものがある。

内側の粘膜に外気が当たると、全身に震えが走った。

「……ふ……」

ひくひくと、淫らな襞が蠢いている。

たっぷりと蜜液を垂らしはじめている雌穴は、柔らかな肉に守られるように隠されているべきものだ。そこを露わにするのは、羞恥との戦いだ。

だが、今は恥じらいすらも快感になる。

もしかしたら、飲まされた丸薬のせいなのかもしれない。

ごくりと、龍恩が喉を鳴らした。

人を殺したあとの昂《たか》ぶった状態のせいか、ぎらつく眼差しはまるで野獣だ。

今にも、桂希に食らいつこうとしている。

その欲情しきった顔は、桂希をまた興奮させた。

この猛々しい雄が欲しい。

本能のように、体奥が疼く。

子壺が、孕み種を望んでいる。

あれほど心では拒んでいたのに、繰り返し注ぎこまれたものを、浅ましい体は欲しがっていた。

生まれついての女ではない。

体の半分は今でも男だし、心は男そのものだ。

だが、龍恩の前だけでは、雌になってしまう。

「……どうした、見ているだけなのか？」

自ら開いた淫唇を擦るように、桂希は指を動かす。

中には入れない。

ここに入るのは、龍恩だけでいい。

「……は…ぁ……」

そこを晒《さら》し、自らの指先で触れたことで、桂希の中で何かが弾け飛んだ。

欲望を燃えあがらせる男に見せつけるように、淫唇を、そして今となっては大きすぎるほどの雌の肉芽でしかない雄蘂を自らの手で刺激する。

「……んっ、は……あ……っ」

ひくりと、雄蘂が……否、雌蘂が反応する。

もはや役立たずにされてしまった場所だが、性感にだけは反応するらしい。淫楽にしか使えない、背徳の場所を意識するだけで、頭がおかしくなりそうだ。

「……ひっ、あ、ぬれ……濡れてきた……っ」

淫らな自分を雄に見せつける被虐の行為に、体が昂ぶっていく。

子種を植え付けられたくて、濡れ広がるそこから漏れる淫らな雫が、桂希の指をしとどに濡らしはじめた。

「………あ、あふれ………」

「煽るな、優しくできなくなる」

龍恩の声は、欲で掠れきっている。

桂希を抱きたくて仕方ないという顔をしていた。

「……はっ、何を今更……」

桂希は、せせら笑ってしまう。

龍恩は、捕らえた桂希に激しい陵辱を与えたのだ。

無垢《むく》だった桂希に淫欲を教えこんだのは、龍恩自身だった。

(なにが優しさだ)

この体を奪い、汚し、思うまま貪った分際で。

優しさなどいらない。

今は黙って、子種を寄越せばいい。

確実に、孕んでやる。

……それを受け入れることで、狂おしいほどの龍恩の執着に応じてやる。

ぶつけられた歪《いびつ》な欲情に、桂希もまた歪に応えようとしていた。

「……んっ、あ、は……」

濡れて、ぐちゃぐちょと淫らな音を立てている淫裂に、滑った指が入りそうになる。だが、質量も熱さも物足りない。

すでに、雄蘂を銜え込むことを知っているそこは、物足りなさに震えている。

「……から、いいから、はやく、ぶつけてこい……っ」

今更、なにを取り繕うことがあるのだろうか。

あれほどの欲望を、身勝手な執着を、見せつけてきたのだ。

桂希の前では既に、龍恩は隠さねばならないものなど、ひとつもないはずだ。

「……大事にしたいと思っても、今更だろうか」

小さな声で、龍恩は呟く。

「俺はおまえを、ずっと……」

しおらしく俯いた龍恩は、まるで子供のように素直だ。

思わず、絆されそうになる。

しかし、狡《ずる》い男を桂希はじっとねめつけた。

「龍恩……」

身勝手な男だ。

こんなふうに、喜んでみせるとは。

しかし、男の身勝手さに、桂希の心は震えていた。

嬉しい、と。

この男の身勝手なしおらしさが、桂希を一途《いちず》に求めてくる心が、今は桂希の胸を揺さぶった。

じゅんと、胎内が疼いて、また新しい蜜が溢れた。

龍恩に欲情してしまった自分を、桂希は意識する。

(私は愚かだ)

そして、龍恩も愚かだった。

そして、その愚かさが愛おしい。

喉が鳴る。

桂希は、この愚か者を受け入れたくなってしまっていた。

この身のうちに。

雌の部分で愚かな男を、慰撫《いぶ》してやりたい。

人は、欲望の前には本能のままの、獣になるしかないのだろうか。

触れられるのも嫌だったはずの男を、桂希自身が求めてしまっている。

どう取り繕おうとも、既に龍恩自身も猛っているはずだ。

早く、それが中に欲しい。

龍恩の激情を、感じたい。

淫裂を、もう一度見せつけるように一撫でしてから、桂希は後ろ手に両手をつく。

そして脚を開き、その淫らさを見せつけながら、挑発するように龍恩を見据える。

「私の命を食らう覚悟ができたなら、すぐにでも来い。私たちは、反逆者だ。生き延びるために、時間がないのだろう？」

「……ああ、そうだな」

愛おしげに、桂希へと頰をすり寄せながら、龍恩は嘯く。

「だが、勝算はある。黄武帝の強引なやり口に、反感を持つ者も多かった。黄武帝が殺されたとなれば、反対勢力が台頭する。俺は彼らを敵に回しながら、勝ち残る方法を探さなくてはならない」

龍恩は、あくまで冷静だった。

桂希への執着で国を滅した男とは、とても思えないほどに。

己の腕の中に桂希を収めたことが、彼をそうさせているのだろうか。

桂希を守らなくてはいけないという想いが。

そして、桂希も頭の芯まで冴《さ》え冴《ざ》えとしていた。

これから起こることが、手にとるように想像できる。

龍恩に待つのは、苦難の未来だ。

それもすべて、桂希のために。

（なんて重いものを、おまえは背負ったんだ）

龍恩は後悔をしないのだろう。

そう、はっきりと桂希は感じている。

信じているという言葉なんて使いたくないが、この男が桂希を捨てることはないのだと、痛いほど感じていた。

彼にとっての桂希は、それほどの存在なのだ。

いやというほど、それを思い知らされている。

「黒炎の野心家共は、きっとおまえを殺して黄武帝の仇をとることで、後継者としての地位を正当化するようになるだろうな。つまり、野心家連中におまえはこれから狙われる」

「……覚悟の上だ」

桂希は、龍恩の背に腕を回す。

「私が、守ってやる」

思わず、桂希は微笑《ほほえ》んでいた。

（……おまえは、最後まで耐えきりそうだな）

それほどの情念の強さを、龍恩からは感じずにいられなかった。

「桂希……」

龍恩は、面食らったようだ。

桂希の名前を呼んだ声は、震えていた。

桂希は、龍恩に微笑みかけてやる。

「私は暁の国の守護神。すべての敗北を勝利に変える、奇跡を起こす者だ。……上手く使えよ、龍恩」

「……」

龍恩は、押し黙る。

彼が視線を下げる仕草は、食い殺してやりたくなるほど可愛い。

この暴虐な男をしおらしくさせるのは、桂希だけなのだ。

「憎い暁の国の連中と同じ穴の狢《むじな》になるのは、おまえの誇りが許さないか」

桂希は、龍恩を挑発する。

龍恩の考えていることくらい、わかっている。

桂希を生け贄の立場から解放できたのに、今度は自分のための生け贄にする。そんなことが、龍恩のような男に耐えられるはずがない。

桂希に抱く情念が強ければ強いほどに。

だから、いい。

「だが、おまえはこの窮地を切り抜け、私を生かすために、私を生け贄にせねばならない。それが、おまえの一生背負う罪だ」

桂希を呪縛から解放するために国を滅ぼした。

しかし、ふたたび龍恩によって桂希は呪縛に囚われる。

（おまえが苦しむのであれば、私はその呪縛を受け入れよう）

桂希は笑う。

ほの暗い、しかし情念をこめた微笑だった。

今、桂希が腕に抱いているのは、桂希の男だ。

桂希を苦しめ、桂希を愛し、そして桂希に苦しめられる一生を選ぼうとしている。

痛快だった。

こんな男は、他にはいない。

命で結びつけられた男は。

「……ああ、そうだな」

龍恩は、真摯な表情になる。

「おまえに背負わされる罪ならば、俺の喜びでしかない」

「……あ……っ」

開いた足の膝を、龍恩が掴んだ。

喪服から猛々しい欲望を露出させた龍恩は、その先端を桂希の雌穴に宛がった。

「……っ」

熱い。

繊細な粘膜に、男の欲望が熱すぎた。

龍恩の雄蘂は既に、いつでも雌を孕ませられる形になっていた。

一途に桂希に向けられている情欲は、今にも滾りきろうとしている。

この男に犯されるのは、これが初めてというわけではない。

何度も何度も、この身に彼の子種を注がれてきた。

しかし、これから孕むとわかりきった状態で交わるのは初めてだった。

(私は、龍恩のものになる)

ごくりと、喉が鳴る。

本当の意味で、これから龍恩と交わるのだ。

あれほど、孕まされることを怖れていたのに。

(私が孕めば、これからは私は龍恩の生け贄として生きることになる……)

恐怖はなかった。

それどころか、胸が弾むような心地と言うと、言い過ぎか。

しかし、自分を深く愛するがゆえに破滅さえ厭わぬ男を受け入れるのだと思うと、淫靡《いんび》な快感に身のうちから震えてしまった。

かつては、征服される恐怖だけがあった。

でも、今は違う。

桂希は龍恩の子を孕むことで、彼の人生を支配する。

血筋を栄えさせる生け贄という名で。

己の意思で受け入れることを決めただけで、こんなにも心持ちが違うものとは。

(龍恩が、それを罪だと考えているからこそ)

彼の悔いが、自責が、桂希を癒やす。

思われているのだという、その真実が。

龍恩の腰へと、桂希は足を巻き付かせる。

濡れそぼった襞に、龍恩の欲望が押しつけられる。

彼もまた、欲望の雫を滴らせていた。

襞をなぞるように、龍恩の先走りが溢れてくる。

「……っ」

じれったさのあまり、桂希は腰を揺する。

今まさに、突き入れられる寸前だ。

すぐ傍にある欲望の臭いに、体が疼いて仕方がない。

欲しくてたまらない。

「……怖いのか」

掠れる声で、桂希は問う。

桂希の人生を背負いこむことが怖いのか、と。

「おまえは、わかっていない。おまえという存在が、俺にとってどれほどの価値があるのかということを」

龍恩は、小さく息をつく。

「恐《おそ》れるのは、当然だろう」

「痛快だな」

桂希は笑う。

自分がどれほど龍恩にとって大事な存在なのか、もっと思い知らせてほしくなる。

生まれてから今までの間、桂希は一度も己の命に価値があるとは思えなかった。

国を救うからこそ、価値があるのだと信じていた。

しかし、龍恩は違うのだ。

桂希に価値があるからこそ、生け贄にはしたくない。

ゆえにこそ、葛藤をしている。

龍恩の苦しみが、桂希の命に価値を与えた。

それが、どれほど歪んだ形だろうとも。

「……おまえが俺のために身を捧げてくれるなら、俺もまたおまえに人生を捧げる」

厳《おごそ》かに、龍恩は告げる。

まるで、殉教者のような面持ちで。

「おまえの命を食い物にした連中のように、おまえに守られる我が身を責めながら、永劫《えいごう》におまえの傍にいるだろう」

龍恩は、決意を秘めた瞳で桂希を射貫いた。

「おまえを犠牲にしないために、俺は勝利を続けよう。どんな修羅の道が、待っていようとも」

悲壮なほどの覚悟を滲ませ、龍恩は言う。

「ああ、それならいい」

桂希は微笑んだ。

龍恩の本気が伝わってくる。
この男にならば、桂希の人生を与えてもいい。
たとえ、龍恩の誓いが破られようとも。
そのたびに、龍恩は苦しむだろう。
桂希の命を愛おしみ、愛するがゆえに。
そんな龍恩の姿に、きっと桂希は満たされる。
「……おまえは、恐ろしい男だ」
龍恩は微笑んだ。
桂希の歪んだ情愛に、彼は気付いているに違いない。
しかし、その上で桂希を愛しているのだ。
そんな龍恩を、桂希も愛そう。
(憎くて仕方がない相手だったのにな)
共にいるのは、生き地獄でしかなかった。
それでも。
地獄にも恋は芽生える。

死の臭いが漂う場所で交わっていると、世界に二人っきりのような気にすらなってきた。

誰にも引き離されないほどの強さで、二人はお互いを貪る。

「……うっ、あ……！」

耐えかねたかのように、龍恩が桂希の中へと入りこんできた。

勃起した雄の部分の猛々しさに、桂希は思わず息を呑む。

ぐしゅぐしゅと、何度か擦りつけられたかと思うと、一気に龍恩は桂希を貫いた。

「……あ、ああ……っ、熱い……っ！」

桂希の背が、弓なりに反らされる。

柔らかい肉襞は雄の欲望でこねくり回され、歓喜の声を上げていた。

そして、己を喜ばせてくれる肉棒に仕えるように、きつく絡めとろうとする。そうすることで、雄を歓喜させるのだと、まるで本能のように知っていた。

「……んっ、はあ、あっ、ああ！」

雄蘂から与えられる快感は強烈で、髪を振り乱すように桂希は喘ぐ。

父祖の御霊の前だというのに、淫乱な雌に成り下がっていた。

龍恩も暁の王族とはいえ、直系ではない。

これから桂希が、彼から連なる新たな血脈を生むのだ。

男としても女としても、彼には犯され続けた。

しかし、これからの交わりは、今までのどれとも違う重みを持つのだ。

(私は、この男の子を孕む)

ぞくぞくする。

あの丸薬には、媚薬《びやく》の効果もあったのだろうか。

全身の血が、昂ぶっていた。

舐め回すように、桂希の雌は龍恩の雄蘂を嘗《な》めしゃぶっていた。

これほどまでに美味なものは、他にないと言わんばかりに。

「……そんなに締め付けるな」

熱い息を吐きながら、龍恩は言う。

「このまま、すべて持っていかれてしまいそうだ」

龍恩の欲望は張り詰めきっている。

抜き差しするたびに、淫らな水音が漏れていた。

「ああ……、すべて寄越せ」

熱に浮かされながら、桂希は嘯く。

「私に、すべてを」

腰をくねらせ、桂希は龍恩を煽る。

体奥に受け入れた男は、いまや桂希に煽られるだけ煽られている。

快楽を貪っているのは、お互い様だ。

「……ああ、持っていくがいい。俺を食らえ」

「ひあ……っ」

がくっと、大きく腰が揺れる。

「あた、った……っ」

「子壺が、下に降りてきているぞ。そんなにいいのか？」

「ああっ」

乳暈《にゅううん》に歯を立てられ、桂希は大きく顎をのけぞらせる。

全身に、鋭い快感が走った。

今や飾りでしかない雄の部分の先端から、透明の雫が溢れる。

誰にも触れられないまま勃ちあがっていたそこは、龍恩の下腹に擦れて、欲望を膨らませていた。

「……ひあ、あっ、すご……い、突かれると……なか、来る……！」

いまや貪婪なのは、桂希の雌の部分だった。

奥まで龍恩を導いた結果、桂希の子壺の入り口にまで龍恩は到達していた。

雄の猛々しい肉で、子壺の入り口を突き上げられ、押し当てられたままぐにぐにと腰を回されると、たまらなくいい。

あられもない嬌声とともに、淫水が溢れる。

「……ひっ、あ……、あぁ……！」

快感の波が、ひっきりなしに桂希に襲いかかる。

大きく全身を身震いさせながら、桂希は嬌声をあげた。

「……い、いいっ、あ……もっと、もっと…来い……！」

「ああ、おまえの中は最高だ」

「あうっ」

体内で、龍恩の性欲が大きく膨れあがった。

内部から押し広げられるような感覚に、桂希は声にならない叫びを上げる。

「あぁっ、あ……！」

「中で出すぞ」

低い声で、龍恩は嘯く。

「俺の子を孕め、桂希」

「……あぁっ！　ひっ、あ……、来る、龍恩の子種が……！」

体内に吐精された瞬間、桂希からは理性が剥がれ落ちた。

獣の雌の本能のように、龍恩の子種を宿すことしか考えられなくなる。

桂希は淫らに腰を振り、きつく龍恩へと四肢を巻き付け、嬌声を上げた。

「……ああ、孕む、孕んでしまう……！」

「ああ、孕め。俺の子を……っ」

ずっしりと、重さを感じるほどに、龍恩から子種が迸《ほとばし》った。

射精しながら腰を揺すぶられると、子壺の中へとそれが流れこんでいくような錯覚に陥る。

「……ひぁ、あ……っ」

「まだ、だ……。もう一度……」

熱い息を吐きながら、龍恩は言う。

「もっと深いところに、種付けをしてやろう」

「ひゃうっ！」

腰を抱え直されて、下半身が浮くような体勢を取らされて、桂希は思わず悲鳴を上げた。

性器で龍恩とつながっているものの、不安定な姿勢だ。

つながっている雌穴に、力が入ってしまった。

「……かた、い……っ？」

桂希は、思わず大きく目を見開いてしまった。

たった今子種を放ったばかりなのに、まだ龍恩の雄蘂は硬いままだ。

「これで終わりじゃない。もっとだ、桂希」

「あう……っ！」

再び、子壺の入り口を、雄の欲望に狙われる。

そこは、はくはくと呼吸をするように、開閉すらはじめていた。

「……あ、だめ……だ……！　それ以上、こわ……れる……っ！」

「おまえを、壊したりしない」

しっかりと桂希を腕に抱きながら、龍恩は夢見心地に囁いた。

「ようやく、手に入れたんだ。誰が、おまえを壊したりするものか」

「ひっ！」

軽く腰を揺すられ、雄蘂を少し引かれただけで、桂希は敏感に反応する。

ぎりぎりまで押し込まれていたものが引き抜かれたことに、物足りなさすら感じてしまっていた。

浅ましい雌の本能が、もっと欲しいと訴えかけてくる。

もっと男が欲しい。

己の選んだ男に、孕ませてほしい……。

「俺は、おまえのものだ。桂希」

「……あっ、ああ！」

熱っぽく囁いた龍恩は、ふたたび桂希の奥を責めはじめる。

「……ひぁっ、あんっ！　はらむ、はらまされる……っ！」

雄蘂が、隘路をひっきりなしに出入りする。

そうすることで生まれた快楽が、桂希を昂ぶらせる。

より深く、奥まで男を迎え入れるかのように。

出し入れされるたびに、深いところまで征服されるようになっていく。

やがて、こつこつと、龍恩の雄蘂の先端が、桂希の子壺の入り口を叩くようになりはじめた。

「は……っ、ひ……ぁ……！」

こじあけるように、子壺の中にまで雄蘂が潜りこもうとする。さすがに違和感が強く、思わず桂希は悲鳴を上げてしまった。

「あっ、ああ、だめだ、それ以上は……っ！」

「……っ、桂希……っ」

大きく肩で息をつき、龍恩は呼吸を荒らがせていた。

「すご……い……っ。俺を、こんなに締め付けて、放さない……」

「……なか、はいりすぎ……ふか……い……っ」

「……ああ、こんなところまで、おまえに入りこめるなんて思わなかった」

「あうっ」

子壺の入り口に先端を引っかけたまま、くぷくぷと淫蜜が粟立つような小刻みな動きで、龍恩は雄蘂を動かした。

　そうされているうちに、先ほどまで感じていた違和感以上に、強烈な快感が桂希を翻弄しはじめる。

「あ……あっ、ひぁ、あぅぅ……っ」

　のけぞるように喘ぎながら、桂希は呻いた。

「……なか……っ、なか来て……ひっ」

「……このまま……、おまえの子壺の中に、俺の種をそのまま叩きつけたい」

「……ひんっ、あ、だ……だめ……だ、はらむ……孕んでしまう……っ」

「ああ、そうだ。孕ませてやる」

　龍恩は、低い声で笑う。

「おまえが、俺を挑発したんだろう?」

「……っ、あ、あぅ……」

「……すごいな……。おまえがこんなに、俺を感じて……」

　不意に、龍恩は桂希の胸へと食らいついた。

　ろくに触れられてもいないのに尖りきっている乳首は、彼のいい餌食になってしまった。

「はうぁ……！」

「……触りもしないのに、こんなに硬くなっている。弾力のある、美味い木の実のようだ」

「ひんっ」

硬くなった乳首を弄ぶように甘噛みしながら、龍恩は腰の動きも止めない。逞しい雄蘂は子壺の入り口をこねくりまわして、ひくつくそこを蹂躙している。

「……ひぁ、う……あぅ……！」

感じやすい場所をふたつ同時に責め立てられ、身も世もなく桂希は乱れた。子を孕むための行為なのに、快楽に溺れ、我を忘れてしまう。

「……っ、ああう……、も、むり……むりぃ……！」

これ以上交わりつづけたら、どうにかなってしまいそうだ。

今でも、もうこれ以上の快楽は味わえないと思いつつも、脚は龍恩の腰に絡みつき、子壺は彼の雄茎の先端をねぶりつづけて、彼を放すまいとしがみついてしまっているのだから。

「……おまえのすべてで、俺を受け入れてくれ」

掠れた声で、熱っぽく龍恩は囁きかけてくる。

「俺の子を、孕んでくれるんだ？」

「……あ、う……っ」

今更、聞かれるまでもない。

こんなに奥深くまで開かれてしまっている。受け入れてしまっている。この状態で、孕まずにすむわけがなかった。

「聞かせてくれ、おまえの言葉で」

わざわざ腰の動きを止めたかと思うと、龍恩は桂希の顔を覗きこんでくる。

絶え間なく与えられていた強烈な快感を押しとどめられ、思わず桂希は喉を鳴らしてしまう。

そして、上目遣いで龍恩を睨み付けた。

「い……二言は……男に二言は……ない……っ」

決めたのだ。

この男の執着を受け止め、受け入れ、この男と共に生きると。

そのために、この身に男の子種を孕んでやると、桂希自身が決めたのだ。

だから、今更確かめるまでもない。

「……私に、貴様の……、おまえの子を、孕ませろ……っ」

「……ああ、これでこそ俺の本懐《ほんかい》だな」

ぐっと、龍恩は喉を鳴らす。

こみあげてくるものを抑えかね、今にも喜びが爆発しそうな表情だった。

その眼差しが、ぎらりと光る。

欲望に濡れているのに純粋で、ひたむきに、彼は桂希を見つめた。

「俺はずっと、おまえを俺だけのものにしたかった」

「……するがいい。そのかわり、おまえは生涯私のものだ」

「望むところだ。おまえ以外のなにも、俺はいらない」

「……っ」

ずんと、今まで以上に強烈に、奥を突き上げられる。

ぐっと子壺にめり込むような、猛々しい雄蘂が、ひくひくとしていた。

「……おまえの中に、俺を植え付けてやる」

「あぐ……っ」

びんと、胎内の雄蘂が反応する。

「……あぁつ、あ、はらむ、はらんでしまう……っ」

体奥で奔流《ほんりゅう》を受け止めながら、大きく桂希は喘いだ。

生々しい欲望を曝《さら》け出しながら、龍恩は桂希へと種付けをする。

「……ああ、なか……中に……」

「ああ、全部中に出してやる。飲み干せよ」

種を吐き出しながらも小刻みに腰を動かし、溢れる白濁を桂希の胎内に塗り込めるようにしながら、龍恩は嘯く。

「……ひ……っん……」

「……桂希……俺のすべて……」

どろどろしたものを直接注ぎこまれて、桂希は腹に熱と重みすら感じていた。

それは、龍恩の情念そのものだった。
こんなものを受けいれられるのは、きっと桂希だけだ。

そして、その瞬間、ふたつの血の流れは交わったのだ。

終章

淫猥《いんわい》に濡れた手で、黄武帝の首を切り落とす。

「まずは、外の兵士に見せてやらねば。この国の支配者は、滅んだことを」

微笑んだ桂希から、龍恩は黄武帝の首を受け取った。

そして、廟の中の祖霊に見せつけるように掲げると、袖のたもとで首を包みこむ。

「そして、勝ち誇れ。常勝不敗の暁の秘宝は、我が手に入ったのだと」

「ああ、そうさせてもらおう」

大きく、龍恩は頷いた。

「それで従うとは思えないが」

「従わなくても、見せてやればいい。我が奇跡を」

桂希は、腹部に手を当てる。

龍恩と血が交わったのだと、確信があった。

だから、これより龍恩の身に危機が迫れば、桂希の命が彼を救うだろう。

「おまえを殺《あや》めようとして突然暴風でなぎ倒されたり、大地の裂け目に落ちたりしたら、さすがにおまえに従うだろう」

そのような奇跡が、過去には桂希の命と引き換えに暁の国にもたらされてきた。

これからは、同じことが龍恩に起こる。

そして、龍恩が命がけで桂希を守るというのであれば、桂希もまた守られるのだ。

「……そうだろうな。だが、俺はおまえの命を削るようなことはしたくない。それゆえに、常勝の将となろう」

言い切った龍恩は、覚悟を決めた目をしていた。

彼は、その言葉を一生の誓いとするのだろう。

彼の狂おしいほどの執着を、桂希は信じている。

彼は生涯、桂希の生を喜び、守りつづけるに違いない。

「常勝の将なら、この国の皇帝になることも難しくないな」

「おまえを守るためならば、皇帝になることを狙おう。国を滅ぼすのも、国を興すのも、すべて……」

龍恩は、桂希の肩を抱いた。

「おまえのためだ。俺には、おまえ以外の理由は存在しない」

「……愚かな男だ。おまえの器量ならば、どれだけでも掴みとれるものはあったはずなのに。よりにもよって、私を選ぶとは」

「昔から、たった一つのもの以外目に入らない質《たち》でな」

　ふっと、龍恩は懐かしげな表情になった。

「……おまえは俺にとって、何よりも美しい存在だった。命を削りながら生きる姿が痛々しく、見ていられなかった」

「たったそれだけの理由で、おまえはふたつの国を滅ぼすのか」

「俺にとっては、十分だ」

　龍恩は、力強く桂希の肩を抱く。

　血の臭いがする男は、桂希のためならすべてを裏切り、すべてを滅ぼすだろう。

　ただ、桂希に伝えた想いだけは生涯裏切られることはない。

「俺の配下には、かつての暁の国の兵がいる。手勢を集め、戦ののろしを上げよう。そして、新たな俺の国を作る」

「ああ、おまえは覇道《はどう》を歩め」

「……ああ、おまえと共に」

　桂希は龍恩に、身を預ける。

「好きにしろ。この身は既に、おまえと交わり、おまえのものになった」

「……そうだ。一番欲しかったものは手にいれた。だからきっと、俺は民に寛容で、惜しみなく分け与える皇帝になれるだろう」

清々《すがすが》しいほどの表情で、龍恩は決意している。

強烈な我欲で国を滅ぼした男とは思えないほど、彼は純粋な目をしていた。

「……そうか。おまえが民にとっていい皇帝になるのなら、私がおまえの欲のすべてを引き受ける甲斐もあるというものなのかもしれない」

きっと龍恩は、皇帝としては無私無欲の、民のために働く皇帝になるのだろう。

その未来は、容易に予想できた。

そして、彼は欲がないわけではなく、ただ桂希にすべてを向けているだけということは、桂希と龍恩のふたりだけが知っていればいいだろう。

桂希のために、龍恩はこれからも数多の血を流しつづける。

そして、その血の上に、新たな国を作るのだ。

ただ、桂希を生かすために。

その我欲を礎《いしずえ》に国を作るのであったとしても、せっかくならばよりよい国になるといい。そして、龍恩はそれが果たせるだけの器がある男なのだ。

(私に囚われたりしなければ……などと、もう想いもすまい。私への想いがあるからこそ、この男がいるのだから)

下りてきた口唇を受け入れながら、ふと桂希は微笑んだ。

どれほど血まみれになっても、龍恩の想いは澄み切っている。

桂希も、龍恩自身をも傷つけるその想いに、桂希は殉じることを決めた。

おわり

二世を誓う

勝利を祝う宴《うたげ》の喧噪《けんそう》が、遠くから聞こえてくる。

実質上の皇帝だった龍恩が、正式に玉座に至った凱旋《がいせん》を祝う宴だ。

歌い踊り騒ぐ人々から、桂希は距離を置き、宮殿の後宮と表の間にある、私室へと早々に戻ってきていた。

今、桂希たちがいるのは、かつての黒炎の都だ。

龍恩が黄武帝を弑逆《しいぎゃく》し、力尽くで黒炎の国を奪ってからというもの、この大陸は動乱の炎に包まれていた。

しかし、常に桂希が龍恩の傍らにあったことから、その力をよく知るかつての暁の国の兵たちはすぐさま龍恩の傘下になった。龍恩は、敵国の兵たちでも、自分に下れば温情を示したということもあり、黒炎の兵たちに対しても求心力を高めていった。

なによりも、武勇で名を馳《は》せた龍恩だ。

一軍の将としての彼に対する安心感、信頼感は大きく、一度でも麾下で戦えばそれを体感することもできる。

よって、龍恩の下につく兵は雪だるま式に増えていき、黒炎の国を平定し、併合された暁の国は、結果として元皇族の手に取りかえされたというわけだ。

桂希を生け贄にして繁栄した暁の国を、龍恩は憎んでいる。だから、大方の予想を裏切り、暁の国号を復活させることはなかった。

新たな国は、新《しん》と名付けられた。何もかも一新し、古き悪しき習慣を断つという、龍恩の強い想いから名付けられている。

龍恩らしくてよいと思う。

彼は、よい皇帝になるのだと言っていた。善政を行い、民の心を安らげることで、戦を減らすことができる。

そうなると、今は龍恩と交わったことで、命と引き換えに勝利をもたらすことができる生け贄たる桂希の能力を、使わずにすむからだ。

桂希のために国を滅ぼし、国を作り、善政を敷く。

そんなことを、真顔で言うのが龍恩という男だった。

桂希の体は仙術によって男の姿を保ったまま女のように子を孕めるようになり、龍恩の子を産んだということは、国中が知っていた。龍恩のたった一人の妃《きさき》であり、もっとも信頼する将というのが、今の桂希の立場だった。

後宮は空っぽだ。

桂希は表と後宮の間、皇帝となった龍恩と部屋をともにしている。

龍恩の後嗣となる彼らの息子は、乳母《うば》や護衛に傅《かしず》かれ、すくすくと育っていた。産んだ事情はどうであれ、可愛い我が子だ。心の底からそう思えるのが、桂希には嬉しかった。

宴に交じるにはあまりにも幼い乳飲み子は、今は隣の部屋で眠っている。立場上、一緒にいられる時間は少ないので、ふと顔を見たくなった。

足音を忍ばせて、隣の部屋へと顔を出す。

すると、思いがけない人影があった。

「龍恩……」

「桂希か、どうした?」

「眠る前に、顔を見ようと。おまえこそ、どうしてここに?」

宴は明け方まで続くのが習いだ。

不思議に思って首を傾《かし》げると、龍恩は息子に視線を注いだまま答えた。

「俺がいつまでも席にいたら、休みたい者も休みにくいだろう」

「……それはそうだな」

「俺も、寝所に行く前に、顔を見に来ただけだ」

「……」

息子の顔を、ふたりそろってじっと見つめる。両親の眼差しに気付かないまま眠る子を愛しげに見つめ、起こさないようにそっと、そのまま部屋を出た。

「少し顔を見ない間に、大きくなった」

これがおそらく最後になるだろうという大規模反乱を制し、結果として龍恩は新たな国を興し、玉座に座った。

そのため、戦場を渡り歩き、不在の日々も長く続いている。

桂希もだが、それ以上に彼は息子に会っていない。

「あの子は、おまえの顔を、忘れているだろうな」

冗談ではなく、桂希は小さく肩を竦《すく》める。

龍恩は、眉尻を下げた。

一緒に過ごした時間は短くとも、龍恩にも親としての感情はあるようだ。父親として認識してもらえないというのは悲しいということかもしれない。

「あらかた、反対勢力を抑えることには成功した。これからは、この宮で政務に力を入れていく」

そうすれば息子と過ごす時間も得られると、期待しているのだろうか。

言葉尻をとらえるように、桂希は龍恩をからかう。

「今度は政務が立て込んで、あの子に顔を見せるどころではないんじゃないか」

「……」

桂希の言葉は皮肉というよりも、一番予想できる未来でしかない。それはよくわかっているからだろう、龍恩は黙りこんだ。

ふっと、桂希は笑う。

「……仕方ない。私がかわりに、おまえの話をあの子にしておいてやる」

「……どのように」

「父親を尊敬できるように、適度に話を美しく飾ってやる」

「ああ、ぜひそうして欲しい」

龍恩は、生真面目に頷いている。

「俺の罪を、あれに背負わさないでくれ」

「私の息子だ。健やかに育ってもらうために、余計なことを言うつもりはない」

桂希は、自分の両親のことを考える。

辛い現実を、桂希は幼い頃からぶつけられた。

嘘をつかれたとしても現実は変わらない。

だが、子に対して隠せるのであれば、それが一番いいのではないか。

「……私のために国を裏切り、滅ぼし、新たに己の国を作り上げた男が父親だとは……教えたくはないな」

桂希は、ちらりと龍恩を一瞥した。

「巷《ちまた》で言われているように、淀《よど》んだ古い国を改革するために切り捨て、能力は高かったものの暴君でもあった黄武帝を弑逆して、よりよい国を作ろうとしている男が父親だと、信じて健やかに育ってほしい」

「……見せかけの姿も、貫けば本物になる」

龍恩は、窓の外に視線を移した桂希を、そっと後ろから抱きしめる。

「俺のおまえへの想いは、俺とおまえだけが知っていればいい」

「呪術で体を変えられた亡国の皇子を妻として娶った慈悲深き皇帝などと言われると、もはや別人としか思えないがな」

「……慈悲ではないな。これは俺の我欲で、愛執だ。妄念だ。おまえを焼き尽くさんばかりの、情念の炎だ」

桂希の首筋に、龍恩が顔を埋めてくる。

襟元を乱され、素肌に直接、痛みを感じるほど強く口づけられてしまった。

「おまえにさえ、この想いを知っていてもらえれば、それでいい」

「……さて、どうだろう」

「伝わっていないなら、伝えるまでだ」

「……っ」

開いた襟元から胸へ、大きな手のひらが入りこんできた。

お互いに、ほろ酔い加減だ。

そのせいか、やけに体温が熱く感じる。

いつも一緒というわけではないのだが、桂希は龍恩とともに戦場に赴くのも仕事のうちだ。

桂希がいれば必ず勝てると、兵たちの士気をあげるのも役目だった。

実際には、奇跡と引き換えに桂希の寿命が削られぬよう、龍恩が奮い立ち、勝利を収めるわけだが、目に見える勝利の象徴が桂希だった。

しかし、戦場に出向くことが多い桂希とはいえ、そこで龍恩と交わることはない。

生来の龍恩の生真面目さから、彼は願掛けで戦場では欲を断っていた。

だから、こうして触れられるのは、実に久しぶりだ。

「……っ」

龍恩の指先が乳嘴《にゅうし》に触れただけで、思わず桂希は息を呑んでしまった。

そこは子を身ごもってからずっと、敏感すぎるほど敏感になってしまった場所で、今も少し張っている。軽く力をこめられるだけで、しみ出してくるものがあった。

ぷんと漂い出した甘い香りに、桂希の頬はのぼせたように赤くなった。

「駄目だ、龍恩……っ」

「ああ……濡れているな」

「……っ」

本来は赤子を養うためのそこを、桂希がその用途で使うことはなかった。

身分の高いものは、子を自分の手で育てることはない。公の立場として振る舞う以上、並の親子のようには親密になれないでいた。

それでも、体だけは誰もが同じように変化をする。

「溢れてきた」

「あ……っ」

無遠慮な指が、乳嘴を苛《さいな》む。そこから溢れたものを指にまとわりつけ、擦るように動く指が、少しずつ下に下がりはじめた。

龍恩が何を目論《もくろ》んでいるかは、聞かずともわかる。

あまりの背徳感に、背が震えた。

「……待て、龍恩……っ」

衣服は脱がされないが、乱されてしまっている。

下肢に潜りこんできた手のひらは乳が絡んだまま、雌蘂としては大きすぎる肉芽を掴んだ。

「あう……っ」

自らが流した体液を利用され、なめらかに体を侵略されていく。雄蘂としての機能を果たせないはずのそこからは、もう何も出せないはずなのに、ぬめぬめとした体液が肉芽にまぶされて、そして快楽を与えられてしまう。

「……んっ、は……ぁ……！」

解放された乳嘴だが、既に勃起していた。そして、先端から、快楽の証だとでもいうかのように、ぽたぽたと白いものを溢れさせている。

羞恥心で、どうにかなりそうだった。

「おまえの体は、すっかり俺に馴染んでくれたようだな」

気持ちは伝わっているのかと、匂わせてくるが、桂希はぐっと口を噤んだ。

今へたに口を開いたら、あられもない声が溢れてきてしまいそうだ。

黙りこむ桂希に構わず、龍恩は下肢をまさぐる。左手で雄蘂を包みこみ、上下にしごきながら、右手は肉厚の淫唇に割りこんだ。

「……っ」

柔らかな秘裂を左右に開かれると、中の粘膜に外気があたる。その冷やっとした感触に、思わず桂希は身を竦めた。

とろりと、粘りけのある蜜が中から溢れてきた。

龍恩を待ちかね、我慢できないとでもいうかのように反応した体を、桂希は恥じる。いきなり、秘所に指を入れられることを望んでいるようで、まるで獣の交尾みたいだ。

そして、まるで桂希のほうこそ、龍恩を求め、望んでいるかのようだった。

それは違うという顔を、しておきたい。

子を生《な》しているとはいえ、いまだ桂希は龍恩に対して素直になれないでいる。己の欲望を隠しておきたかった。

首を横に振れば、龍恩は不審げに桂希を見下ろしてきた。

「……どうした？」

「……っ、いきなり……、そんなところを……」

「おまえが欲しい」

ぐいぐいと龍恩は腰を押し付けてきた。

布地越しでも、彼の雄蘂が猛り、桂希の中に入りこむための形になっていることが伝わってくる。

そして、たとえ布越しであったとしても、その猛りは桂希を身構えさせるのに十分すぎるほど大きく膨らんでいた。

そういえば、それの素の状態というのを桂希は知らない。桂希の前に男の欲望を露わにするとき、いつも龍恩は猛りきっている。

彼は、己の欲望を隠したりしない。

もはや、自分たちの関係で隠す意味もないのかもしれないが、惜しみなく欲しい気持ちを伝えてくる龍恩に、桂希の欲望もまた暴かれてしまいそうだ。

「……龍恩…っ」

唸るように名前を呼ぶと、いつのまにか下半身の衣服をくつろげていた龍恩が、桂希のそれを掻き分けるように、肌へと雄蘂を押し付けてきた。

湿り気のある熱の塊が、桂希の肌を濡らしていく。

じゅんと、桂希の体の奥もまた濡れた。

そして、曝け出されたままの乳嘴は張り詰め、そしてそこから一筋、甘い匂いのするものを垂れ流してしまう。

「……接吻は後でいいだろう？」

「おまえ……っ」

「今は、まずおまえを感じたい。おまえが、俺のものであることを。俺を、受け入れてくれることを」

「……」

関係を確かめたいのだと、切々と龍恩は言う。

子まで生しておいて、まだ彼は桂希が己のものになったのかどうか、自信がもてないでいるようだ。

勇猛果敢で、下の者には気を遣う、龍恩は立派な将だ。しかし、桂希の前では、情けない一人の男になる。

そして、決して日の下に出せるようなものではない方法だろうとも、桂希を求めて来ようとするのだ。

（私が、おまえの存在を狂わせた）

なにも、龍恩の理もない愛情を肯定し、喜んでいるわけではないのだが、それでも桂希は彼の想いを受け入れざるを得なくなっている。

子の父親だからではなく、生き延びるために運命共同体になることを唆《そそのか》したからでもない。

桂希もきっと、龍恩に狂わされている。

彼の熱愛に心を動かされ、結局のところ惹《ひ》かれてしまったのだ。

ずっと生け贄として扱われてきた。

その能力は必要とされ、ゆえに存在を許されたものの、誰も桂希自身のことは必要としていなかった。

しかし、龍恩だけは違うのだ。

彼が桂希のために罪を犯し、桂希の意思すら押しつぶすほどの暗い欲望をぶつけてきたとしても、それがあくまで桂希個人に向けられていたからこそ、桂希は彼を受け入れずにはいられない。

（私も、おまえに狂わされた）

淫唇に押し当てられた雄蘂の熱さに、思わず桂希は喉を鳴らす。

この猛りきったものに貫かれる瞬間、そこに生ずるのは歓喜でしかないのだ。

「桂希、まずはおまえを貫きたい。ひとつになりたい。それから、口唇で睦み合おう」

淫唇を押しつぶすように欲望の切っ先を桂希に押し付けたと思うと、かつて雄蘂だったものへと巻き付けた手はそのまま、龍恩は桂希の秘蜜に濡れた右手を、少しずつ胸のほうへとあげてきた。

そして、しとどに溢れたもので濡れているそこに、さらに体液まみれの指を擦りつける。

「ああ……っ」

硬くなった乳嘴に爪を立てられ、思わず桂希は声を上げた。

そこの弾力を楽しむように龍恩の指は動き、その擦りつけるような動きにあわせて、左手で扱かれ、そして蜜を溢れさせている淫唇には、太い雄茎を押し付けられた。

前後に腰を動かされ、柔らかい粘膜を擦りあげられると、ぷしゅ、くちゅ、と淫らな水音が漏れはじめる。

龍恩は欲望を先走らせて、桂希は淫猥な蜜を溢れさせているのだ。口を開いていく蜜壺が、ひくついていることを自覚せずにいられなかった
「あ……っ、りゅお……ん、こする、な……っ」

「嫌か？」

ひときわ強く桂希の割れ目に己の性器をこすりつけたかと思うと、龍恩はぴたりと腰を止める。

そのかわり、わざとらしいくらい強引に、そこを押し付けてきた。

ひっと桂希は息を呑む。

どくどくと、龍恩の欲望が脈打っている。

桂希を欲し、抑えがたい気持ちが、今にも爆発しそうになっていた。

血流の激しい流れすらも感じるほど、桂希の柔らかい肉襞に、それが密着させられている。

「あ……う……っ」

桂希は喉の渇きを覚えた。

「桂希……」

掠れきった声で、龍恩は桂希の名を呼ぶ。

口元にしまりがなくなった、桂希の蕩《とろ》けた表情を覗きこんできた龍恩は、ようやく桂希に接吻してきた。

舌先が伸ばされ、桂希の口をぴちゃぴちゃと舐めたかと思うと、ぬるりと口内に入りこんでくる。

そして、縮こまっていた桂希の舌を絡めるように引っ張りながら、龍恩は桂希の中を我が物顔で蹂躙しはじめた。

「……っ」

蹂躙されたのは、口内だけではない。

擦りつけられるだけだった雄蘂が、とうとう桂希の中へと頭を潜りこませてきた。大きく膨らんだ亀頭を呑み込まされた瞬間思わず息を詰めてしまうと、桂希の下腹がびくっと大きく蠢いた。

「ん……っ、ふ……っ」

顎を反らせるような体勢で接吻したままで、龍恩を受け入れさせられる。

ぐいぐいと柔らかな肉襞を掻き分けるように入ってくるものは、いつも以上にきつく感じた。

彼を受け入れることには慣れているが、さすがに苦しい。喉をひくつかせていると、龍恩がようやく口唇を浮かせた。

「いつもより、きつく感じる」

「な……っ」

「しばらく離れていたせいだろうか」

「あうう……っ」

ぐいっと、勢いをつかせるように、一度龍恩が腰を振る。

そして、銜え込んでいた太いものを引き抜かれ、物足りなさを奥が感じて締まるのを見計らいでもしたかのように、一気に最奥まで貫いてきた。

「ああ……っ！」

「……きつい、が……。俺を覚えているかのように、受け入れ、締め付けてくれるな」

「ひっ、あ……！」

「……っ、そんなに締め付けるな。持って行かれる……」

「だ、誰のせいだと……」

ひっと喉を鳴らしながら、桂希は呻いた。

「……奥、当たる、だめだ……っ」

「俺の子種を欲しがって、子壺が下りてきているのだろう？」

「……っ」

「……こう、押し付けて……」

「あう……っ」

「このまま、おまえの中に注いでやりたい」

「……あっ、あふ……っ」

「おまえの奥は、気持ちいいな。押し付けるだけで、おまえに愛撫《あいぶ》されているような心地にしてくれる」

「……っ、しら、ない……！」

満足そうに呟く龍恩に対して、桂希は息を喘がせながら、小さく首を横に振った。

桂希の最奥は、複雑に襞が折り重なっているようで、いつでも龍恩に快感を与えているようだ。しかし、そのような体の造形になっていることは、桂希の与《あずか》り知らぬ話でもあった。

「…あっ、そんな……、押し付ける、な……っ」

「……ああ、俺は押しつけがましい男だな」

桂希の項《うなじ》に口づけながら、龍恩は呟く。

「おまえは、そんな俺は嫌か」

嫌に決まってる。

そう言ってやりたいが、もう声にならない。

それに、押しつけがましい男に欲をぶつけられ、桂希自身の欲を暴かれる行為は……決して嫌いではなかった。

「……ご託《せ》はいい……っ、から……」

先を急かす直接的な言葉を紡ぐことはできないまま、桂希は呻いた。

肉襞を雄蘂でこねくり回されるような動きは、いつまでも耐えていられるようなものでもない。

立っていられなくなって窓に縋ろうとすれば、腰の辺りを捕まえられ、ぐっと性器を押し付けられた。

「あう……っ」

もうこれ以上奥などないと思っていたのに、まだ入りこむ。子壺の入り口に、龍恩の雄蘂が突き刺さってしまいそうだった。

「……ひっ、ぐぅ……」

「また、俺の子を孕んでくれるか？」

耳元で、熱っぽく龍恩は囁きかけてきた。

「これから何度でも何度でも、縁を結び、血を混じわらせてくれるだろうか」

「……俺を死なせないと言ったのは、おまえだ……」

息を喘がせながら、桂希は答える。

「もはや、私とおまえは運命共同体だ。……今更、下りるなどと言うなよ？」

「……ああ、そうだな桂希。俺はおまえのものだ」

桂希を所有しているのではなく、龍恩こそ桂希のものだという。いや、正しくは、桂希が龍恩という男のすべてをぶつけられ、押し付けられたようなものか。

それでも、彼を受け止めたのだ。

運命を共にすることを選んだ。

「……なにを今更」

うっすらと笑うと、龍恩がふたたび口づけを求めてきた。

不自然な体勢で、歪につながっている。

だが、もはやふたりは別《わか》ちがたい。

接吻をしながらの苦しい交合も、あるいは自分たちにはふさわしいのかもしれない。

「あ……っ、ふ……、ん、んくぅ……っ」

喉を鳴らすように喘ぎながら、桂希は龍恩の欲望を受け止める。

苦しげに喘ぐと、龍恩は口唇を浮かし、囁いた。

「……これが、俺のおまえへの愛だ」

無理矢理つなげられ、広げられ、受け入れさせられ、それでも確かに桂希の体を熱くする情欲。桂希を昂ぶらせるそれこそが。

「……知っている」

桂希は龍恩の首筋に腕を回すと、初めて自分から接吻してやる。

「……！」

龍恩は目を見開くと、飛びかかるように桂希を貪りはじめた。

荒々しい息、興奮して血走った眼差しといい、桂希を求めるのは龍恩の野獣のごとき本能としか言いようがない。

その荒々しくも乱暴な行為に、桂希は確かに感じていた。

強く求められているのだと、全身に思い知らされる。

疑うべくもない強い欲望が、桂希にとっては快感だった。

そう、認めるしかない。

生きるというよりも、ただ存在しているだけだった桂希に、命の息吹《いぶき》を与えたのは龍恩だった。

桂希を貪ると同時に、龍恩がまた桂希に与えたものがあったのだ。

龍恩を自ら求めるほど、まだ素直にはなれない。

でも、彼の欲望には、桂希なりに応えているつもりだ。

「……んっ、あ……、龍恩……」

喘ぎ、呻き、桂希は囁く。

「私は……おまえにならされていい。おまえだけだ……」

生涯添うことが、桂希の龍恩への答えだ。

二つの生は何度でも結びつくだろう。

命が果てるまで。

おわり

あとがき

こんにちは、あさひ木葉です。

こうして文庫で皆様にお目にかかれるのも、本当に久しぶりな気がします。私らしくエロと執着を頑張ろうと思った一作です。少しでも萌えていただけましたら、すごく嬉しいです。

今回の本は、ご依頼から発行までに、ネタをリクエストしてくださいました担当さんが退職されるほど時間が経ってしまい、お目にかけることができるまで、随分時間がかかってしまった小説です。こうして形にすることができたのは、読者の皆さんと、美しいイラストを描いてくださいました小路先生や、担当さんはじめ関係者の方々のご厚意あってのことです。本当にありがとうございました！

それでは、またいつかどこかでお会いできたら嬉しいです。

あさひ木葉

覇武…
勝
加護いらずの
強い御子が
生まれますよね。

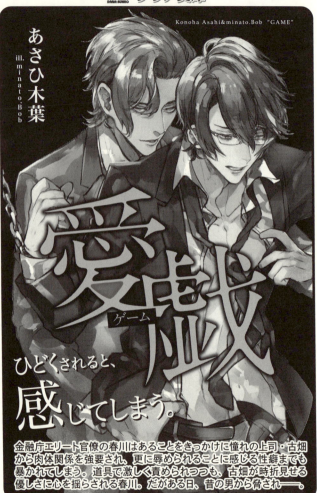

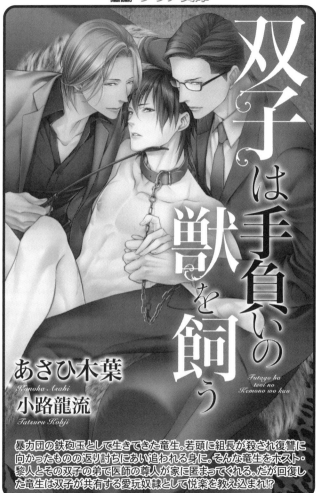

初出一覧

ダリア文庫をお買い上げいただきましてありがとうございます。
この本を読んでのご意見・ご感想・ファンレターをお待ちしております。

〒170-0013 東京都豊島区東池袋3-22-17　東池袋セントラルプレイス5F
(株)フロンティアワークス　ダリア編集部
感想係、または「あさひ木葉先生」「小路龍流先生」係

この本の
アンケートは
コチラ!

http://www.fwinc.jp/daria/enq/
※アクセスの際にはパケット通信料が発生致します。

比翼連理

2018年10月20日　第一刷発行

著　者
あさひ木葉

発行者
辻 政英

発行所
株式会社フロンティアワークス
〒170-0013 東京都豊島区東池袋3-22-17
東池袋セントラルプレイス5F
営業　TEL 03-5957-1030
編集　TEL 03-5957-1044
http://www.fwinc.jp/daria/

印刷所
中央精版印刷株式会社